이 정도면 충분한

(이 정도면 충분한   )

조희선 지음

인생의 오후 에세이

홍
천
사

엄마가 어린아이에게 큰소리로 야단을 친다.
어린아이가 두려움과 억울함을 꿀꺽 삼킨다.

어린아이가 막무가내로 떼를 쓴다. 그 어린아이에
밀려, 누구인지는 잘 모르지만 그 앞에 선 어른은
별수 없이 장난감을 사 주고 아이스크림을 사 준다.
일진이 누군가를 왕따시키고, 폭력을 행사하고 소유를
빼앗는다.

부부 간, 부모와 자녀 간, 친구들, 형제들, 직장
상사와 직원, 동료들, 권력자와 약자, 대중과 소수자
사이에서 목소리 큰 자가 내는 소리에 힘없는 자들의
소리는 묻혀 버린다. 남들과 다른 자신의 입장을
드러내기가 어렵다. 생각의 자유가 있지만.

그대로 받아들여지지 않고 비난을 받거나 심한
경우 혐오의 대상이 되곤 한다.

빠르게 지나가는 시간 안에 급변하는 세상에
살면서 시간을 들여 타인과 진지하고 깊은 대화를 할
만한 에너지는 고갈되었다. 누르거나 당하면서 살기로
작정한 이들이 있고, 조직이 있다.

내 목소리도 때로는 크고, 때로는 기어들어 간다.
같은 상대를 앞에 두고도 상황에 따라 달라진다. 상황을
극복하기 위해 별것 아닌 권력을 사용하고, 어쩌다
거짓을 말할 때도 있다. 때로 말은 말하는 당사자와
상대 모두의 자유를 앗아가곤 한다. 후회를 줄이기 위해
끄적거리기 시작했다. 언변도 없거니와 말하기보다
글로 쓰는 게 더 편했다. 자유롭게 생각하고 표현할 수
있었다. 글이 쓰는 이의 모든 것을 표현하지 않는다.
반드시 진실만을 쓰지도 않는다. 심지어
거짓을 쓸 수도 있다. 그러나 작정하면 드러내고 싶은
부분에 대해 진실할 수 있다. 방어가 덜 작동하기
때문이다.

남들과 다른 생각, 의문, 내 삶의 조각들을 글로
쓰기 시작했다. 쓰다 보니 삶의 방향이 모아지는 것
같았다.
애매했던 생각들이 정리되기도 했다. 그런 글들을
모았다.

천방지축으로 살았다. 모두에게 익숙한 삶도
내게는, 또 누구에게나 실은 처음 걷는 길이었다.
이제 나이가 들었다. 인생의 오후를 지내고 있다.

젊은 시절과 달리 몸이 쇠했다면, 인생 오전은
마음이 힘들었다. 늘 숙제가 있었고, 잘할 수 없을 것만
같아 불안했다. 신경 쓸 것이 아주 많았고 좋은 계획이
있어도 실현하는 데 늘 어려움이 따라다녔다. 나이가
드니, 나를 조급하게 하고 불안하게 했던 일들은 이제
내 앞에 없다.

　나이 듦에도 유익이 있다는 것을, 나이가 들어서야
깨닫는다. 뭐든 겪어 봐야 알 수 있다. 인생 오후라서
글을 쓸 수 있었고, 오전과는 조금 다른 글을 쓰게 된 것
같다.

　목소리 작은 누군가를 위로하는 글이 되면 좋겠다.

조희선

차
례

(프롤로그)

(1부)

(2부)

(3부)

(1부)

결혼 41주년, 신혼 1년 5개월

"1월 25일이 무슨 날인지 알지?! 어떻게 지낼까?"

"글쎄."

결혼 41주년을 두고 나의 남편이 말을 주고받는다. 사실 뭐 별것 없이 지내게 될 것이 뻔하다. 그런데도 살짝 들떠 있다.

둘째 딸 J2의 결혼을 앞두고 내가 남편에게 말했다.

"이제 J2를 보내고 우리끼리 신혼으로 살아 보자. 우리에게는 신혼이란 게 없었잖아. 알았지?"

이 말은 사실, 딸인 J2와 그 애인 Y의 결혼을 앞둔 남편의 섭섭한 마음을 달래려고 그냥 한 말에 불과했다. 형식적인 결혼식은 필요 없다고 양가 가족의 식사만으로 결혼식을 대신하겠다는 J2와 Y의 결정에 몹시도 서운해하던 남편은 그 말에 정말 위로를 받은 듯했다. "우리끼리 신혼 생활을 즐기는 거야?!" 남편은 그렇게 내가 한 말을 되뇌며 마음으로 받아들였던 것 같다. 섭섭한 마음을 털어 낸 듯 딸의 출가를 적극적으로 도왔다. 그다음부터는 아침에 일어나 오늘은 외식하자든가, 혹은 가까운 곳으로 드라이브를 하자든가, 등등의 아주 사소한 일들을 계획할 때마다 남편은 같은 말을 했다.

"우리끼리 신혼 생활을 즐기는 거야!"

그의 말을 들으며 나도 '그래. 이런 게 신혼의 삶 아니었겠어?'라고 생각하기 시작했다. 말이 생각을, 생각이 삶을 이끈다고 남편도 나도 그때부터 함께 신혼 감각을 계속해서 깨우고 있다.

우리 부부의 결혼생활에는 신혼이 없었다. '신혼'의 자리에 '생활고'가 있었다.

"어제가 우리 결혼 1주년이었잖아."

1980년 1월 25일 결혼한 우리는 1981년 1월 26일 새벽에 눈을 뜨고서야 결혼 1주년을 기억한 것이다. 놀라거나 섭섭하지도 않았거니와 뒤늦은 세리머니를 할 마음도 없이 무심하게 흘려보냈다. 그리된 이유가 무엇보다도 나와 남편 두 사람에게 있었을지 모른다. 무슨 기념일이든 무덤덤하게 지나간다고 불평하긴 했지만, 이제까지 살아 보니 남편에게도 내게도 원래부터 기념일 같은 것을 특별히 생각하고 '즐기는 능력'이 없다. 그렇더라도 당시 결혼 1주년을 그리 보낸 데는, 분명한 이유가 있었다. 기념일 같은 것을 챙길 만한 마음의 여유가 1도 없었다.

결혼과 동시에 임신했다. 출산 계획? 생각해 보지도 않았다. 그렇게 빨리 임신이 될 줄도 몰랐다. 대학 졸업을 한 달 앞두고 결혼할 때, 나는 우리나라 나이 고작 스물넷이었고 남편 역시 스물여섯이었다. 시어머니와 시동생 둘을 포함한 다섯 식구에 허니문 베이비로 내 뱃속에 잉태된 첫째 딸 J1까지 모두 여섯 식구의 재산은 전세아파트가 전부였다. 이미 알고 있었다. 그야말로 철부지였나. 어머니 앞으로 넘겨진 상당한 금액의 부채, 어머니와 시동생 용돈과 등록금, 먹고살아가야 할 식생활비는 오직 남편 한 사람의 수입에 의존해야만 하는 형편인데 이 점에 대해서는 궁리해 보지 않았다. 철부지를 넘어 바보였다. 결혼하고 나서야 현실이 보였다. 결혼 1주년은 기념할 만한 것이 아니었다. 없는 듯 흘려보내는 게 차라리 나은 것이었다. 모든 어려움이 지나갔고, J1에 이어 J2까지 Y와 함께 독립한 후, 나와 남편 단둘이 살고 있다. 결혼 후 처음이다. 그러니 지금 41주년 결혼기념일. 신혼처럼 들떠 있을 만하다. 우리 부부는 이제 고작 1년 5개월 된 신혼을 살고 있다.

광야

결혼은 나를 엄마와 아버지의 울타리 밖으로 데려가 완전히 새롭고 낯선 땅에 서게 했다. 그야말로 알지 못했던 낯설고 거친 광야였다. 막내로 부릴 수 있는 응석을 다 부리며 자랐다. 엄마를 도와 설거지와 청소를 하긴 했다. 밥이나 반찬은 만들어 보지 않았다. 사람마다 타고난 재주가 있어, 언니는 음식을 잘했고 나는 설거지를 즐겼다. 엄마가 결혼 며칠 전 압력솥에 밥하는 법을 가르쳐 주며 말했다.

"처음에는 어머니가 다 하실 거야. 나머지는 찬찬히 배워서 해."

그러나 신혼여행에서 돌아온 나는 바로 다음 날부터 새벽밥을 짓고 시동생 도시락까지 싸기 시작했다. 혹시 깨지 못할까, 시계 알람을 설정하고도 긴장이 되어 깊이 잠들 수 없었다. 그때까지 내 속옷 정도는 내가 빨아 왔다. 그러나 때로 그것마저도 엄마에게 맡겼던 나는 어른 다섯 식구의 빨래를 도맡았다. 설거지 도우미에 불과했던 내가 한순간 주방장이 되어 있었다. 재료조차 없는 주방이었고, 식재료를 살 돈도 턱없이 부족하기만 했다. "엄마. 나 살맛이 안 나. 왜냐면? 용돈이 떨어져서. ㅎ" 하고 어리광을 부려 용돈을 더 타내던 내가 어머니와 도련님 용돈을 줘야 했다. 엄청난 신분의 변화였다. 경제난, (대가족은 아닌)중가족, 새벽밥, 도시락, 모든 식구의 빨래와 다림질, 식사를 포함한 살림살이. 거기에 출산, 양육, … 서툴고 버겁기만 한 노동이 그곳에 있었다. 남편은 늘 늦었고 나는 늘 외로웠다. 광야였다.

눈물을 많이 쏟았다. 그러나 기죽을 여유가 없었다. 살아남는 데 온 정신을 쏟아야 했으니까. 그때는 잘 몰랐지만, 그 광야에 나를 자라나게 한 자양분들이 있었다. 나는 그 자양분을 최대한 빨아먹었다. 우리 가족은 나를 모범생으로 알고 있었다. 말도 잘 듣고, 심성도 착하고, 말썽도 부리지 않고, 성적도 괜찮고, 학교 선생님들이 칭찬하는 성실하고 착한 사랑스러운 막내가 가족들에게 비친 내 모습이었다. 그러나 그건 나의 겉모습에 불과했다. 나는 내가 발 딛고 살아가는 세계에 대한 완전한 무지를 자각하며 그저 몽롱하기만 했다. 내가 누구며, 무엇을 해야 하는지 전혀 알고 있지 못했다. 알기 위한 어떤 노력도 하지 않았다. 입시에 대해서도, 졸업 이후의 진로에 대해서도 심드렁했다. 후에 당시의 삶을 생각할 때 죄책을 가질 만큼 내 삶을 위해 치열한 노력을

15

해보지 않았다.

　넉넉지 못한 형편에서도 엄마와 아버지는 내 모든 생활을 책임졌다. 나는 그 안에서 안전했다. 차려 주는 밥을 먹고, 학비 걱정 없이 공부할 수 있었고, 내가 원하는 것이라면, 그게 좋은 것이라면, 무엇을 어떻게 해서라도 기꺼이 해줄 엄마와 아버지가 있었다. 절실한 욕구가 없었다. 집과 학교로 족했다. 그 외의 어떤 것도, 친구도 관심의 대상이 아니었다. 내게 있는 몇몇 친구들 또한 나와 비슷해서 학교 밖에서 따로 만나는 경우가 없었다. 라디오 음악프로그램, 공상, TV 시청, 어쩌다가 붙잡았던 몇 권의 소설이 내가 아는 세상 전부였다. 엄마와 아버지의 울타리 안에서 나는 철저하게 혼자였다. 멍 때리기가 유일한 내 취미였다. 누군가와 진지한 대화를 나누지도 않았다. 서로 다른 사람들이 각각 무엇을 위해 어떻게 살아가는지, 어떤 생각을 하는지, 얼마나 노력하는지 알지 못했다. 내가 하는 공부며, 살아가는 일들이 세계와 무슨 관계로 엮여 있는지 전혀 알 수 없는 상태에서 아무런 노력도 하지 않는 것이 내게는 오히려 당연했다.

　광야에서 내가 사는 세계에 대한 무지, 나와 그것들의 관계에 대한 무지. 무지에서 탈피하기 위해 무엇을

해야 좋을지조차 알지 못하는 철저한 무지가 깨지기 시
작했다. 나는 눈을 뜨기 시작했다. 구체적인 세상이 내
앞에 모습을 드러냈다. 먹고사는 일, 돈, 서로 다른 사람
들의 생활방식들이 눈에 보이기 시작했다. 다른 사람들
의 생활이, 그와는 다른 방식으로 사는 나도 보이기 시
작했다. 사소한 생활 습관들부터 시작해 삶의 목적까지
'왜 사는 걸까?', '어떻게 살아야 할까?', '서로 다른 사람
들이 함께 살아가려면 어떤 것을 지켜야 하는가?' 등등.
철저히 주관적이지만 구체적으로 생각하기 시작했다.
2년간 연애하면서 깨닫지 못했다. 남편이 살아온 세상
은 내가 산 세상과는 다른 딴 세상이라는 것을. 그의 세
상에 있던 사람들, 가치관, 습관, 먹는 음식, 인간관계
가 다 새로웠다. 그 낯선 사람들과 만나 함께 먹고, 자고,
그들을 위해 돈과 노동을 제공하고, 물건을 사고 음식을
만들고, 갈등하고 싸우고 화해하고 지지고 볶으면서, 몽
롱한 상태로 유지되던 나의 거짓 평화가 깨지기 시작했
다. 별의별 생각들이 솟아올랐다 스러지기를 반복했다.

　　순하기만 한 줄 알았던 나는 남편과 어머니와 시동
생과 갈등을 겪었고, 해결 능력을 길러야 했다. 인간관
계란 매우 어려운 것이다. 그러나 나는 낯설고 버겁기만
한 그곳 광야에서 그들과 세상과 구체적으로 관계를 맺
기 시작했다. 그동안 살기 위해서 크게 필요로 하지 않

았던 육체노동, 감정노동을 열심히 해야 했고, 구체적인 정신노동이 시작되었다. '세상은 무엇인가?', '나는 누구인가?', '어떻게 살 것인가?' 이것들은 어차피 더불어 사는 세상에서 드러나는 것이다. 안전했던 가족과 집이라는 동질적이고 좁은 울타리에서 벗어나, 낯선 세계로 들어와 나는 비로소 세상에 뿌리를 내리며 내 삶의 방향을 찾기 시작한 것이다. 아픈 흔적들이 내 안에 남았고 또 타인에게도 남겨 주었다. 남편과 많이 싸웠다. 이혼을 생각하기도 했다. 그러나 많은 고비를 넘기며 지금까지 왔다. 언젠가 남편이 나와 싸우면서, "나도 희생을 했다"라고 말한 적이 있다. 그때 나는 알아 버렸다. 나는 어느 한순간도 희생한 적이 없다는 사실을. 나는 내게 주어진 모든 것을 자양분으로 삼아 성장했고 성숙해 왔다는 사실을.

　결혼 41주년! 기꺼이 즐겨 기념해도 좋은 까닭이다. 어디 결혼뿐일까! 결혼 외에도 광야는 얼마든지 많다. 살아오는 내내 광야에 서곤 했다. 모질게 힘든 광야가 세상에 허다하다. 광야에 선 사람들, 그곳에서 싸우는 사람들, 그들의 이제까지의 삶과 앞으로의 삶을 기꺼이 응원하고 싶다.

사랑하는 딸들에게, "미안했다!"

　우리 부부는 여행에 서툴다. 짧든 길든, 국내건 국외건 여행 경험이 별로 없어서다. 늘 그렇듯 41주년을 기념하는 여행이 계획대로 되지 않았다. 숙소를 예약하려고 전화를 걸었다. 원하는 날로 예약하기엔 너무 늦었다고 했다. 남편과 나 모두 선약들이 있어 한참 뒤로 숙소 예약을 했다. 새옹지마다. 덕분에 기념행사가 무려 열하루 동안 계속되었다. 기념일 당일인 25일엔 평소 가던 가성비 좋은 식당에서 점심 외식, 다음 날은 강화도 드라이브, 나머지 날들은 숙소와 맛집 탐색, 그리고 2박 3일의 여행 일정까지. 전무후무한 기념행사로 남을 것 같다. 어차피 우리는 시간에 있어서 여유가 많다. 뭐든 계획대로 되지 않으면 그대로 즐기면 된다.

　여행 당일, 간단한 세면도구와 편히 읽을 수 있는 에세이 한 권, 둘이 아침마다 먹을 사과 네 알, 견과류 몇 줌, 날마다 챙겨 먹는 약들과 잠옷, 내의를 꾸려 가방에 넣고 서해안고속도로를 따라 태안에 도착했다. 식당 앞으로 바다가 보이는 갈매기 횟집에 들어가 굴밥을 먹

19

었다. TV 프로그램 〈식객 허영만의 백반 기행〉을 보는
데 똘똘한 굴들의 식감과 신선함이 느껴졌다. 평소에 굴
을 즐기지 않는 내가 여행의 첫 식사로 제안했다. 식당
내부가 넓기는 하지만 허름하기 짝이 없는데, 방송을 탄
굴밥의 맛은 예상대로였다. 거짓 없는 음식 맛에 흐뭇해
진 마음으로 만리포 해수욕장의 모래사장을 걸었다. 서
해안에 온 게 40년 만이다. 동해안과 달리 발이 빠지지
않고, 부드럽고, 마냥 넓게 펼쳐지는 해변의 매력에 빠
져들었다.

　"여기 정말 좋다. 내년에도 다시 오자."

　지켜질지 알 수 없는 약속을 했다. 나이가 들면 일
찌감치 숙소로 들어가는 게 현명하다. 그래야 밤도, 다
음 날도 편한 법이다. 5시쯤 숙소로 정한 펜션 석양의
추억에 도착했다. 주인장은 없었고, 전화를 거니 코스모
스방으로 가란다. 문은 잠겨 있지 않았다. 방에 들어서
자마자 희고 검은 큼직한 꽃무늬에 이곳저곳 번쩍이기
까지 하는 벽과 마주치며 실소했다. "와. 잠이 올까? 너
무 혼란스러워. 촌스러워" 말하면서도 적당히 깨끗하고
적당히 낡아 더러워 보이기도 하는 숙소에 이유를 알 수
없는 '웃음'이 나왔다. 뭐든 적당한 그곳에서 오히려 정
감을 느낀 것인가?! 게다가 방바닥이 절절 끓고 있었다.
이게 얼마 만인가? 미리 알고 웃음이 나온 듯하다. 등

근육이 약한 나는 남편의 배려를 마다하고 별수 없이 부드러운 침대를 택했고 남편이 절절 끓는 그 방바닥에서 2박 동안 몸을 지지는 호강을 누렸다.

잘못하던 것도 반복하면 발전한다. 두 사람 다 일에서 물러나 한차례 전쟁을 치렀다. 일과 공간에 각기 자기만의 영역이 있었고 종일 떨어져 지내다 은퇴 후 갑자기 집이라는 제한된 공간에서 부딪혀 가며 산다는 것은 한 차례 전쟁을 치르게 할 만큼 어려웠다. 전쟁을 치르며 마침내 '함께 살기'를 발전시켰고, 짧은 여행을 자주 하면서 여행기술도 발전했다. '여행은 이렇게 하는 거야'라든가 '어디에 가면 어디는 가 봐야 한다'든가 등등의 압박감을 버리는 게 우리의 여행기술이다. 남편은 "그런 건 이미 40년 이상 해왔어. 앞으로 그런 건 안 해"라고 했다. 나도 그렇다. 일어나고 싶은 시간에 일어나, 마음 가는 대로, 한가롭게 가고 싶은 대로 다닐 수 있다면, 그것으로 만족하는 것이 우리들의 여행기술이다.

시간도 보지 않고 따끈한 방바닥에서 뒹굴다가 사과 한 알, 견과류 한 줌에 각자 원하는 대로 차를 마시고 숙소 밖으로 나왔다. 논과 밭이 앞에 펼쳐진 시골 동네가 평화롭다. 주인장 남편과 아내 노부부가 벌써 밭에 나갔다 돌아온다. 인사를 하고, 정신 나게 쨍한 찬 공기를 폐까지 들이마시고, 차를 타고 신두리 사구로 향했다. 왼편으로는 작은 사막 같은 모래 언덕이 이어진다. 어딘지 모르게 제주도의 색깔을 지니고 있다. 오른편으로는 모래바람을 막는 방목림이 이어지다가 방목림이 끝나면 신두리 해수욕장이 펼쳐진다.

"이렇게 좋은데 모르고 살았네. 애들한테도 와 보라고 해야겠어."

미리 봐 두었던 식당 어촌에 가서 생선구이를 먹고, 그곳에서 젓갈이라고는 좋아하지도 않던 남편은 낙지 젓갈이 짜지 않나? 생전 처음 젓갈을 사 들고 나왔다. 서산 동부시장에 가서 반건조 빨간고기, 감태, 서산 생강한과도 사 들었다. 3만 2,000원으로 충분했다. 볼거리, 먹을거리, 살거리가 다 만족스러웠다. 42주년은 더 자연스럽고 익숙하게 여행을 하게 될 것 같다.

다음 날, 서울로 돌아오는 길에 청산수목원에 들렀다. 기대하고 갔지만, 생각보다 작고 때가 한겨울이라 그런지 썰렁하기만 했다. 아마 봄부터 가을까지라면 얼마든지 예쁜 곳일 것이다. 청산수목원에서 나와 미리 블로그에서 검색해 찾아 놓은 식당, '초가'에 갔다. 막국수와 두부김치 맛이 좋았다. 먹고 남은 두부김치를 저녁으로 먹기 위해 종이컵에 담았다. 음식쓰레기를 만들고 싶지 않았고, 내가 꽤 알뜰한 사람이라 어디를 가든 남기고 나오는 음식이 거의 없다. 대식가가 된 이유가 있었다. 그동안 찍은 사진들을 카톡방 '조은나라'에 올리자 바로 "와우~ 거기 좋다", "조심해서 올라와" 회답들이 왔다.

갑자기 카톡방 대화의 방향이 바뀌었다.

"그나저나 엄마야~"

큰딸이 뭔가 물을 것이 있는 듯했다. 그러니까 카톡방 '조은나라'는 엄마인 나 조희선의 성과 나와는 성이 다른 두 딸 J1과 J2의 끝 글자들인 '은'을 합해 만든 세 모녀 '조' 하나와 두 '은'의 단톡방이다.

"왜? 뭔데?"

"H1이 돌봄교실 갈 때 내가 숙제를 내 줘. 학습지 한 장 풀기와 종이책 한 권씩 읽기야. 9시에 가면 3시 30분까지는 학교에 있는 거지. 워낙 책을 잘 읽고, 절대로 무리가 없는 숙제고 약속이잖아? 학습지 한 장은 풀어 오는데, 종이책 한 권은 거의 3주째 안 읽고 와. 그런데 읽었다고 거짓말을 해. 매일매일 반복되는 거짓말을 그냥 넘어갈 수도 없고, 어차피 방학 숙제가 책 50권 읽기라서 안 할 수도 없고."

H1은 J1의 첫째 아들이고 둘째 아들은 H2다.

큰딸 J1이 고민을 털어놓자마자 세 모녀가 각자 자

신들의 생각을 열심히 주고받았다.

　내가 생각하기에 J1이 말하는 약속이란 J1의 일방적인 지시지, H1과 함께 한 약속이 아니었다. 'H1에게' 물어볼 것을, 'H1과' 의논할 것을, 'H1이' 결정하게 할 것을 강조했다. 내 생각의 핵심은 숙제를 언제 할지, 얼마만큼씩 할지 등등의 모든 논의에 당사자인 H1을 참여시켜야 한다는 것, 거짓말을 하지 않아도 되는 환경을 만들어 주라는 것이었다.

　둘째 J2가 말을 받았다.

　"엄마는 나를 방치했지. 나는 엄마한테 숙제 검사 같은 것 받아 본 기억이 없어. 방학 숙제도 제대로 한 적 없어. 일기랑 독후감 쓰기, 진짜 방학 내내 놀다가 3일 전부터 밀려서 했단 말이야. 진짜 곤욕이야. 그래도 내가 미룬 거니까 해야 해. 그러면 그때는 엄마가 도와주긴 했지 뭐. 숙제 안 해서 고통받아도 내가 고통스럽고 잘해서 편하면 내가 편한 거지. 엄마는 그런 것으로 우울했을까? 엄마는 자기 일이 바빠서 내 숙제에 관심도 없었어. 중학교 때까지도 문제집은 푸는 척만 했지. 그러니까 점수가 나와? 점수 안 나와서 괴로워도 어쩔 수 없었어. 그게 난데 뭐. 나중에 슬픔을 맛봤을 때 하는 거지. 엄마가 억지로 시켰다고 내가 했겠어? 받아쓰기 시험도 맨날 구렸지. 근데 나 안 혼났어. 혼났다면 내 일로 여기지 못했을 거야. 근데 혼내는 사람이 없으니까 오히려 내 일이 되고, 스스로 속상하고, 잘하고 싶은 마음이 생기더라."

은근히 엄마인 나를 비난하면서, J2는 자신의 경험을 바탕으로 H1의 일은 결국 H1의 일이지 H1의 엄마인 J1의 일이 아니라고, 엄마의 무관심이 나쁜 것만은 아니라고 결론을 내렸다. 거기서 끝나면 좋았을 것을. J2가 결국 나의 '빼박' 수치를 건드렸고, J1은 '이때다' 하고 나를 몰아세우기 시작했다.

"언니는 엄마가 쳐 때린다고 공부했냐? 라디오만 들었잖아. 희선 맘이 자가 부러지게 때리는 거 내가 다 봤거든. 그래도 언니는 이불 속에서 '이본의 볼륨을 높여요'만 듣고 있었잖아."

"그랬지? 희선 맘이 분명 자가 부러지게 날 때렸지? 그런데 희선 맘이 기억이 안 난단다. 희선 맘은 내가 할 거 안 끝내면 못 놀게 했어. 난 배운 대로 하는 거야. 나도 모르게 강박이 있단 말이지."

J1의 공격에 나는 겨우 "그러니까 너는 엄마 닮지 말아. 너는 엄마처럼 H1, H2에게 흔적 같은 거 물려주지 말라니까!"라는 말로 꼬리를 내렸고, 카톡방 '조은나라'에서 빠져나왔다. 실제로 나는 사랑하는 딸들, J1, J2에게 잊히지 않는 아픈 흔적을 남겼다.

아픈 흔적

대학 시절 교육심리학 시간에 배운 에릭슨의 발달 심리 내용을 기억하고 있었다. 적절한 간격의 수유가 유아의 부모에 대한 신뢰감을 형성하는 데 매우 중요하다. 0~3세가 아동의 인격 형성에 매우 중요한 시기다. 배운 대로 나는 J1에게 일정한 간격으로 우유를 먹였다. 필요한 것을 얻기 위해서 어느 정도 인내가 필요하다는 것을, 엄마는 너무 늦지 않게 필요를 채워 주는 믿을 만한 존재라는 것을 배우게 했다. 친밀감과 교감 능력을 위해 말할 줄도 모르는 J1과 눈을 맞추며 일상생활에서 벌어지는 일들을 이야기해 주고 내 생각을 설명하거나 설득하며 뭔가를 부탁하기도 했다. 책도 많이 읽어 주었다. 경제적 여유가 없었지만, 나와 남편은 J1을 데리고 지금은 세종문화회관이 된 시민회관 별관에서 무료로 제공하는 '오디오 음악회'에도 데리고 다니는 식으로 문화생활을 하게 했다.

J1은 우유를 먹는 양부터 시작해 때마다 발달 과정을 따라 잘 자랐다. J1은 당황하는 일이 없었다. J1이 세

살이 되었을 때, 잠든 J1을 집에 놓고 잠깐 나갔다 왔다. 처음 있는 일이었다. 집에 돌아오니 아파트 현관문이 활짝 열려 있었다. J1은 어디에도 없고 화장실에 J1이 눈 똥자루 하나만 둥둥 떠 있었다. 순간 세상이 무너지는 것만 같았다. 놀이터로 달려갔다. J1이 그네에 걸터앉아 넉넉한 미소로 나를 반겨 주었다. 불안한 기색이라고는 찾아볼 수 없었다. 네 살 때도 비슷한 일이 있었다. 병원에 갔다가 돌아오는 길에 '까놓' 놀이를 하나가 삽시간에 J1이 사라졌다. 혹 누가 데려갔나 싶어 무엇부터 할지 몰라, 이 골목 저 골목 뒤졌으나 J1은 보이지 않았다. 우리가 사는 아파트 5층으로 뛰어올라 갔다. J1이 현관문 앞에 앉아 나를 기다리고 있었다. 엄마가 집에 와서 J1을 기다리고 있을 것으로 생각했다고 했다. 침착했다. 어려서부터 책을 읽어 달라 조르더니, 길을 건너면서도 책을 읽었다. 그런 딸아이를 나는 참 대견해했다. '어떻게 자랄까?', '어떤 사람이 될까?' 기대감이 가득했다.

　　J1이 초등학교에 입학하면서 슬픔이 시작되었다. 학교의 슬픔! 학교는 매일 숙제를 내주었고, 줄을 세워 등수를 매기는 건 아니었지만 정기적으로 시험을 보게 했다. 사원 주택이 생기고 이사 간 신생 동네 개포동 구룡초등학교는 2부제로 학사 운영을 하는데도 한 반 학

생 수가 80명이 넘었고, 교실은 비좁아 책상 사이로 선생님이 지나다닐 수조차 없었다. J1은 11월생이다. 3월생에 비해 지적 성장이 늦다면 늦을 수 있고, 키가 컸다. 교실 맨 뒷줄에 앉아야만 했다. 그래서였을까? 시험문제가 요구하는 답을 충분히 써내지 못했다. 대견해 보이던 딸은 어느새 내게 열등생으로 비치기 시작했다. 기대를 거두고 의심의 눈으로 딸을 바라보기 시작하자 마음이 조급해졌다. 내 안에 '뭐든 잘해야 한다는 강박'이 있었다. 이 강박은 세상이 주입한 것이기도 하고, 결혼생활을 시작으로 비로소 세상에 뿌리내리며 마주했던 남편과 시댁 식구의 고유한 습성을 부정하면서 주관적으로 나 스스로 만들어 낸 것이기도 했다. 내 안에 숨겨져 있던 강박들이 머리를 내밀기 시작했다. 불필요할 뿐 아니라 역효과를 내는 규율들을 만들었고 J1과 J2가 말한 대로 매를 대기도 했다. 그럴수록 J1은 자신감을 잃는 것 같았고 성적도 떨어졌다.

저마다 타고난 아름다움은 아랑곳하지 않고 점수로 아이를 재단하는 슬픈 교육, 내 안에 숨겨져 있던 강박들이 딸을 힘들게 하고 있다는 것을 제대로 알게 되었을 때 J1은 중학교 2학년이었다. J1이 초등학교 4학년 때 읽은 양은순의 책 《사랑과 행복에의 초대》에서 나의 각성이 시작되었다. 어느 정도 아이를 대하는 방법을 바꾸기는 했지만, 성적에 대한 강박을 버리지는 못했다. J1의 학교 성적이 나빴다. 나는 양육 방식이 바뀌고 J1이 안전감을 느끼면 성적이 오르는 게 당연한 순서라고 생각하고 있었는데 그렇지 못했다. 한심스러웠다. '왜지요?' 신에게 답을 하라고 따졌다. 신은 답 대신 도리어 내 안에 물음을 던졌다. "너는 J1이 뭘 잘해야만 J1을 사랑할 수 있는 거냐?" 신은 나와의 씨름에서 KO 승을 차지했고 나는 KO 패를 당했다. 내가 경험한 신은 대체로 그런 식이었다. 기도를 들어주는 대신, 기도하는 나를 바꿨다.

J1이 중학교 2학년 때 우연히 심리학을 접하게 되었다. 그때부터 J1의 문제가 곧 나의 문제로 다가왔다. 나는 J1을 완전히 새롭게 대할 수 있었다. J1을 나와 동등한 인격체로 보았고 그 의견을 존중했다. J1이 인문계가 아닌 공고에 진학해 취업하겠다고 했을 때, 나와 남편은 공고를 알아보기 시작했다. 대학에 갈 자신이 없어 그런다는 것을 알고 있었지만 막지 않았다. 잘못된 결심일 수도 있고 아닐 수도 있었다. 그렇더라도 J1의 인생이었다. 실패하면 그때 J1이 다시 일어서도록 지지할 작정이었다. 더 이상 압박을 받지 않자 J1이 밝아지고 성적도 올라가면서 결심을 돌이켜 인문계 고등학교에 진

학했다. J1은 이미 자신의 분명한 진로를 정하고 있었다. 미술에 재능이 있는 J1은 혼자만 그 사실을 알고 있었고 부모인 나와 남편은 모르고 있었다. J1은 처음부터 타고나기를 나와는 달랐다. 나중에라도 그 사실을 알게 되어 다행이다.

그러나 J1에게는 잊히지 않는 흔적이 남아 있다. 내게도 여전히 아픈 흔적이다. 지금 그 흔적이 아들인 H1에게 가고 있다고 나를 탓한 것이다. J2는 내가 자신을 방치한 줄로 알지만, 사실이 아니다. 늦은 나이에 입시공부를 했고 또 합격 후 공부를 하느라, J1의 말대로 바빠서 J1을 봐주지 못한 게 어느 정도 사실이다. 그러나 그보다는 J1에게 한 실수를 반복하지 않으려는 의지가 컸다. J2에게 상당한 자율권을 부여했다. 자기 일을 스스로 결정하고 경험하고 책임지게 하려는 의도였다. 춥게 입어도 덥게 입어도 옷을 더 입어라, 벗어라, 잔소리하지 않았다. 경험하면 알아서 껴입든 벗든 할 것이다. 다른 선택들도 마찬가지였다. 두 딸을 기르면서 나름 깨달은 것이 있다. '사랑은 앞서가 필요를 채워 주는 것이 아니다. 제 길을 가며 겪게 되는 아픔과 즐거움에 동참하는 것, 함께 울고 함께 기뻐하며, 함께 롤러코스터를 타는 것'이라는 것을.

나와 남편 모두에게 아픈 흔적들이 있고, 그 흔적

을 딸들에게 물려줬다. J1, J2도 H1, H2, 혹은 앞으로
있을지도 모를 자식에게 자신의 흔적을 물려주게 될 것
이다. 세상에 아픈 흔적을 가지지 않은 사람은 없다. 때
로는 그 아픈 흔적들이 롤러코스터를 타야만 하는 이들
과 함께 롤러코스터를 타게 하는 사랑의 능력이 될 수
도 있다. 성숙에 이르는 길, 좋은 것을 만나게 하는 길이
될 수도 있다. J1, J2에게 아픈 흔적을 남겼다는 것을 알
게 되면서 내 삶에 중요한 변화가 찾아왔다. 새로운 세
계에 발 디디게 되었다. J1, J2에게 남은 아픈 흔적들이,
어디 엄마인 나로부터 받은 것뿐이겠는가? 살아가는 내
내 사람들은 다양한 환경, 다양한 사람들을 만난다. 어
떤 사람들이 꽃길만을 걷고 싶다고 하지만, 꽃으로만 이
어지는 길은 없으며, 꽃길만을 걷는 것이, 좋을 리도 없
다. 거친 길을 만나고 그곳에서 상처가 남는 게 인생이
다. 그 상처들을 똑바로 보고 더 나은 세계를 만들어 가
는 것이, 우리 사람들에게 주어진 숙제인 듯하다.

새로 만난 세상

눈이 부신 여름 낮이었다. 아파트에서 어린 J1과 놀고 있는데 정숙하게 차려입은 중년 여자 한 분이 내게 다가와 물었다. "하나님을 아세요?"로 시작한 그분 말의 핵심은, 세상을 창조한 분이 있다. 하나님이다. 그분을 믿어야 천국에 간다. 그렇지 않으면 지옥으로 간다는 것이다. 원래부터 내 안에 종교성이 있었다. 우리 집에서는 1년에 몇 차례 제사를 지내고 명절마다 차례를 지냈다. 그때마다 나는 경건한 마음으로 사진으로조차 보지 못한 조상님들을 떠올리며 그 조상 한 사람 한 사람을 불러 말을 걸었다. 몸이 약한 엄마가 더 몸이 약해졌을 때, 누군가의 소개로 단양에 있는 천태종 구인사를 다니기 시작했고, 엄마 따라다니기를 좋아하는 내가 함께 가곤 했다. 그때마다 잘 알지도 못하는 부처님을 불렀다. 새벽이면 도량에 참여하고 밤이 되면 역시 아무것도 모르면서 '관세음보살'을 중얼거리며 마음이 정화되는 것을 느끼곤 했다. 무슨 뜻인지도 모르면서 반야심경을 외웠다. 그곳에서 처방해 준 피마자기름을 집에 가져와 먹으면서 그동안 나를 몹시도 힘들게 하던 변비가 어느 정도 개선되는 경험도 했다.

그러나 하나님이니 교회니 하는 소리는 그때까지 단 한 번도 들어보지 못했으니 관심을 가져 보지 않았다. 그러니 선입견이 있을 리 없는데 그분이 하는 말에 거부감이 컸다. 세상을 창조한 신이라 하자. 그렇더라도 만들어 달라고 하지도 않았는데 제 맘대로 만들어 놓고, 제 기준으로 천국과 지옥으로 보내는 신이라면 얼마나 독선적인가! 그런 신이라면 믿고 싶지 않다고 했다. 단호하게 "아니요"라 거절했다. 그런데 집에 돌아와서부터 '어쩌면 그런 신이 있을 수도 있다'라는 생각이 스멀스멀 올라와서는 사라지지를 않았다. 신의 존재가 나의 무지를 해결하는 열쇠가 될 것 같았다.

세상에 대해 철저히 무지했지만, 그 무지의 뿌리가 세 가지인 것은 분명했다. 우선은 위대한 인간의 기원과 불멸, 사후세계에 대한 것이었다. 어릴 적에는 엄마에게 물었다.

"엄마. 나는 어디서 온 거야?"

엄마가 답했다.

"엄마가 이 배로 낳았지."

"그럼 엄마는?"

"엄마는 엄마의 엄마가 낳았지."

더는 묻지 않았다. '엄마의, 엄마의, 엄마는?', 또 '그 엄마의, 엄마의, 엄마는?'에 대해 우리 엄마는 답할 수 없다는 것을 알았기 때문이다. 세상의 어떤 사람도, 내가 아는 한 어떤 곳도 그 물음에 답하지 않았다. 어린 시절이 지나 소위 '사유'라는 것을 하게 되었을 때부터 '인간의 위대함', '불멸의 인간'에 대한 생각이 내 안에 자리 잡았다. 끊임없이 생각하고 결정하는 인간의 이성과 정신이라니. 내게는 인간이라는 존재 자체가 위대했다. 그 위대한 존재가 세상에서 사라진다고 해서 무(無)가 될 수는 없을 것만 같았다. 육체는 없어져도 사유하는 인간의 정신마저 사라질 수 없다고 생각했다. 사후세계는 내게 신성한 영역이었다.

두 번째는 세상의 불평등이었다. 아무리 노력을 해도 살기 힘든 사람들이 있었다. 요즘처럼 마트가 없던 시절, 시장 안에 점포를 갖지 못한 상인들은 거무스름하게 때가 탄 알루미늄 다라이에 상품을 채워 놓고 채소며 생선을 팔았다. 저녁 시간이 되어 상인들이 다라이를 들고 버스를 타는 것은, 그야말로 전투에 가까웠다. 만원 버스였다. 콩나물시루 안에 담긴 콩나물같이 사람들이 빼곡하게 탈 때는 당연했고, 심지어 버스가 비어 있어도 버스를 타는 것은 어렵기만 했다. 특히 생선이 담긴 다

라이를 들고 버스를 타는 것은 하늘의 별 따기만큼이나
어려웠다. 기사분들은 "냄새나~", "못 태운다니까~" 소
리 지르며 버스를 앞으로 몰고 갔고, 생선 장수는 필사
적으로 달려갔다. 그 전쟁에서 승리해 버스를 타게 되기
도 하지만 결국 패배해 버스를 타지 못해 밀려나고, 심
지어 바닥으로 떨어지는 일이 다반사였다. 당시에는 인
권 문제도 둔해서 그렇게 버스에 매달리다 떨어진다 해
도 기사를 저벌하는 일은 없었다. 붉다 못해 검은색을
띠고 있는 손, 거칠고 크게 부어 있는 손, 가장자리가 불
에 탄 듯 새까만 손톱들은 내 안에 질문들을 남겼다. 그
렇게 필사적이고 성실한 분들이 있을까? 그런데 왜 그
렇게 가난하게 살아야 할까? 같이 어려운 형편에 그분
들을 그렇게 버스에서 밀어내야 할까?

세 번째는 자연의 순리에 대한 것이었다. 사람을
비롯해 어디에서 시작되었는지, 끊임없이 태어나고 사
라졌다가 다시 태어나고, 시절을 따라 질서 있게 변화하
는 자연 만물들의 존재가 설명되지 않았다. 과학 교과서
는 현상을 설명했지, 기원을 설명하지 않았다. '세상을
창조하고 다스리는 신이 있다면?'이라는 물음이 '신이
있어야 한다'가 되고, '신은 있다'라는 결론으로 가는 데
3일이라는 시간으로 충분했다. 1984년이었고 스물여덟
살이었다.

내가 생각한 신은 세상에 대한 나의 무지를 푸는 열쇠가 되는 신이었다. 위대한 이성으로 사유하는 나와 사람들, 만물이 존재하게 하고 세상에 나오게도 스러지게도 하는 질서를 만드신 신이었다. 낮은 곳을 높이며 높은 곳을 낮춤으로 세상의 불평등을 해결하는 존재였다. 사람이 어떻게 살았는가에 따라 공정한 재판을 통해 누구는 좋은 곳으로, 누구는 나쁜 곳으로 보내는 신이었다. 그렇게 나는 내가 생각한 신을 만들어 냈다. 내가 만들어 낸 그분은 모든 것을 아는 분이어야 했다. 이미 내 모든 부끄러움을 아는 분. 내 안의 나쁜 생각들. 미움, 죄악. 특히나 어머니에 대한 원망과 미움을 이미 알고 계신 분, 그분 앞에서는 죄라고 여길 만한 어떤 것들에 대해서도 변명할 필요조차 없었다. 그래서 편하고 가까운 분이었다.

과거 제사상과 차례상 뒤에서 조상을 불러 말을 걸었던 것처럼, 절에서 불상을 바라보며 부처님을 부른 것처럼, 그때부터 나는 내가 만들어 낸 신 앞에 내 마음을 드러냈고, 모르는 것은 물었다. 어느새 나는 그 신을 내 안에 들어와 있는 존재처럼 느꼈고 종일 그 존재에게 어떤 방해도 받지 않고 내 진심을 털어놓기 시작했다. 신은 어느새 '못할 말이 없는' 내 '친구'가 되었다. 말이 많지 않았던 나였는데, 신 앞에서 소리를 내지 않는 수다쟁이가 되어 있었다.

3년이 지나서야 난생처음으로 교회에 출석했다. 찬송가만 부르면 눈물이 쏟아져 내렸다. 따뜻하고 성실한 분들을 만나 좋았다. 만족은 잠시였다. 교회에서는 기도가 만사를 변화시킨다고 가르쳤지만 내게 그런 일은 없었고, 설교는 '오직 예수'로 결론이 나고, 성경 공부를 했지만 큰 맥락이나 주제가 없었다. 게다가 집사가 되고, 구역장이 되고, 교사가 되면서 무게감으로 지쳤다. 회피 수단으로 멀리 중계동으로 이사했다. 세로 만난 교회는 신선했다. 개인의 자유와 개성과 진로를 중요시했다. 교회가 전화 상담실 운영을 결정하면서, 준비단계로 내게 기초적인 상담교육 과정을 권했다. 그 과정을 밟으며 나와 딸, 그 외 가족들의 문제를 심리학적으로 해석할 수 있었다. 전화 상담은 내가 알지 못하던 사람들과 문제들과 세상을 보게 했다. 그때쯤 스스로 말씀을 묵상할 수 있게 되었다.

어느 순간부터 다시 교회 안이 답답했다. 교회 밖으로 나가 기초적인 신학 과정을 경험했다. 교회 안에서 배운 것과 다른 풍성한 내용이 성경 안에 있을 것이라는 기대가 생겼다. 심리학에서 배운 인간의 성숙과 신학을 접목할 수 있다면 인간과 신, 그리고 세상에 대한 총체적인 이해를 할 수 있을 것 같았다. 하고 싶은 공부가, 가고 싶은 곳이 생긴 것이다.

못할 말 없는 친구

1990년대 중반, 뉴스에는 청소년들의 임신과 출산, 화장실 안에서 발견된 신생아, 혹은 싸늘하게 식어 있는 아기들 이야기가 넘쳐났다. 출산한 어린 엄마들, 그때까지 그들을 떨게 했을 두려움, 고통스럽게 버려지고 죽어간 아기들! 그중 어느 하나도 남의 일 같지 않았다. 그런 일들은 누구에게도, 내게도 얼마든지 일어날 수 있는 일이었다. 만일 내 딸에게 그런 일이 생기면 딸은 어떻게 할까? 그때 나는 딸에게 어떤 엄마일까? 물어야 했다. 내 딸들도 내게 말할 수 없을 것이 뻔했다. 어쩔 줄 모르고 두려움을 넘어 공포에 가득한 날들을 보낼 것이 뻔했다. 그다음 딸이 할 수 있는 일들은 뭘까? 생각만 해도 아뜩하고 무서웠다. 엄마로서의 내 현주소가 보였다. 엄마란 어떤 사람인가? 나는 어떤 엄마가 될 것인가? 묻고 답했다. 내 곁에는 신이 있었다. 그 신은, 못할 말이 없는 내 친구였다. 나 역시 내 딸들에게 못할 말 없는 친구가 되기로 했다.

공부를 시작했다. J1, J2만의 엄마가 아닌 조금 더 많은 청(소)년의 친구가 되기 위해서였다. 대학을 졸업하고 18년 만에 하는 공부는 어려웠다. 5년 이상을 공부하고 목회학과 실천신학 과정을 마칠 때 나는 여전히 아는 것이 거의 없었다. '앞으로는 책을 읽으며 혼자만의 힘으로 공부할 수는 있겠다'라는 믿음 정도가 있을 뿐이었다. 그 외 한두 가지 더 알게 된 것이 있다. 신앙은 비이성적인 것이 아니며, 사람의 발달 과정과 신앙의 성숙 과정은 서로 상관관계에 있다는 사실이었다. 그 외에 별로 아는 것이 없었다.

처음으로 간 곳이 교회였다. 서른한 살, 처음 교회에 갔고 그곳에서 13년간 몸을 담고 있었다. 교회학교 교사를 하기도 했는데, 교회학교에서 무엇을 어떻게 해야 할지 알지 못했다. 프로그램들이 낯설었고, 필요성에 대해서도 의심스러웠다. 솔직히 나는 그저 함께 이야기하고 밥 먹고, 그런 시간을 이용해 성경을 공부하며 삶을 나누는 것으로, 충분하다고 생각했다. 가서 보니 교회학교의 크기가 어느 정도를 넘어섰고, 그런 일들은 전도사인 내가 하는 것이 아니었다. 이미 선생님들이 하고 있었다. 나는 오히려 행정적인 부분을 담당해야 했는데, 행정적인 부분에서 나는 문외한이었다. 아무것도 모르면서 뭔가 시도하는 것은 어려웠다. 내가 해야 할 것들을 가르쳐 달라고 교회학교 선생님들에게 부탁했다. 설교가 틀려도 말해 달라고 부탁했다. 잘 알지 못하는 사람의 생존 전략이었다.

선생님들이 부족하고 모르는 게 많은 그대로 나를 받아주고 감싸 줬다. 내게 편히 지적해 줬고, 자신들의 어려움을 말해 줬다. 덕분에 어려운 2년을 보낼 수 있었고 이후 교회 청소년부, 청년부로 다음에 고등학교로, 대학으로 갈 수 있었다. 어렵지 않은 곳이 없었다. 어디서나 나는 부족하기만 했다. 티를 낼 수는 없었으나 각종 프로그램 앞에서 나는 쩔쩔맸다. 교회에는 여름 수련회, 겨울 수련회, 사경회가 있었고, 심지어 학교에서도 수업과 예배 외에, 간부수련회와 사경회가 있었다. 캠퍼스선교사로 가게 된 대학에서도 신입생 O.T가 있었다. 학생들 스스로 했지만 내가 감당할 부분들도 있었다. 내가 잘할 수 있는 것들은 거의 없었다. 그래서인지 그게 꼭 필요할까? 나는 여전히 의심한다.

돌아보니 나는 남이 하는 것을, 그대로 따라 하는 성격이 아니었다. 타고난 것일 수 있고, 부모로부터 강요받은 것들이 없어서일 수도 있다. 언제나 내 것으로 변형시키기를 좋아했다. 매번 잘하는 것이 없었다. 무엇 하나 완벽하게 익혀서 한 것이 없었다. 경험이 없는 내가 한 모든 것들은 다 실험적이었다. 교회에서는 설교 후 질문시간을 가졌고, 학교에 가서는 시험과목도 아니고 기독교를 거부하는 학생들도 있는 것을 고려해 집단상담을 하기도 했고, 신문에 유의미한 기사가 나면 읽어 주고 토론을 해보기도 했다. 직접 교재를 만들어 수업하기도 했다. 내게 적합하지 못한 곳에서 떠났고, 나를 원치 않는 곳에서도 떠났다. 나는 2년마다 자리를 옮겼고, 그때마다 어설프기만 했다. 항상 초보였다. 그러나 내가 나를 바꾸지 않으려고 한 것이 하나 있었다. '못할 말이 없는 친구, 한 사람'이 되는 것이었다. 어디에 가서도, 단 한 번도 스스로 기대한 만큼 하지 못했다. 늘 어설프기만 했다. 아쉬운 생각에 가끔 '지금 다시 간다면?' 자문해 보곤 했다. '역시 잘 해내지 못할 것이다.' 그래도 여전히 '못할 말 없는 친구'로 있으면 좋겠다는 생각이다.

90년대 중반 뉴스를 채웠던 일들은 요즘도 여전히 일어난다. 더 자주 더 끔찍하게 변형되어 일어난다. 유아, 어린이, 청소년, 여성, 남성, 젊은이, 노인, 가리지 않고 약자들을 향한 혐오, 학대, 살인, 범죄들이 지역과 시간을 가리지 않고 일어난다. 사회적 타살인 자살이 만연하다. 아무에게도 말할 수 없는 사건, 감정, 희망을 이야기할 수 있는 '못할 말 없는 친구, 한 사람'들이 어딘가에 여전히 있어서, 세상은 그래도 여전히 살 만하다고

느끼는 이들이 있을 테고, 그래서 아직은 세상이 살 만
하다고 생각한다.

내 편견을 깨뜨려 준 사람들,
뭔가 부족하거나 다른 사람들이었다

자주 자리를 옮긴 덕에 초보를 면할 수 없었지만, 세상에 나쁘기만 한 일은 없다. 그 덕에 다양한 사람들을 만나는 행운을 누리기도 했다. 교회든 학교든, 첫 만남에서, 나는 말했다. "하기 힘든 말이 있으면 언제라도 나를 찾아주세요." 그건 내가 되기로 한, '못할 말 없는 친구'가 되겠다는 선언이었다. 지금 생각하면 능력도 없는 사람이 뭘 감당할 수 있다고 생각한 것인지, 무모하기만 한 짓이었다. 그런데 나를 찾아 준 이들이 있었다. 그들 덕분에 나의 편견들이 깨졌다. 아주 조금씩 나의 세상은 커졌다. 덕분에 여전히 내 세상은 좁으며, 여전히 내가 가진 편견들을 계속 깨뜨려야 한다는 사실을 알고 있다.

○ **학교 밖 청소년 K, P, L**

늦가을이었다. K로부터 전화가 왔다.

"전도사님, 저희 회사로 전화를 걸어 주세요. 저녁 5시쯤에요. 엄마라고 하셔야 해요. 집에 일이 있어서 그러니, 오늘만 일찍 퇴근시켜 달라고 부탁해 주세요."

K가 전화번호를 적어 주었다. K 말대로 5시가 되어, K의 회사에 전화를 걸었다. 나는 K의 엄마가 되어 K가 말한 그대로 조기 퇴근을 부탁했다.

6시가 안 되어 K가 교회에 나타났다. 씩~ 웃더니 숨 돌릴 틈도 없이 '문학의 밤'을 위한 시설들을 옮기기 시작했다. 교회의 무거운 장의자를 옮기고, 궂은일을 자청해서 움직였다. 함박꽃 같은 미소로 얼굴이 환했다. 다른 아이들 얼굴이 덩달아 환해졌다. 다른 두 명, P, L이 이미 와 있었다. K, P, L 모두 학교 밖 청소년들이다. 각자의 사정으로 고등학교를 자퇴하면서 자연스럽게 교회도 떠났다. 교회의 고등부 선생님들은 학교도 교회도 떠난 K, P, L을 잊지 않고 있었다. 내가 교회에 처음 가자마자 K, P, L을 만나라고 했다. 전화번호를 알려 줬고, 한 명 한 명 따로 전화를 걸었다. 한결같이 거절하지 않고 만나 줬다. 그동안의 이야기를 듣고 웃고 밥을 먹었을 뿐이다. 그냥 친구가 되면 족할 것 같았다. 어느 날 K가 내게 만나자고 전화를 했다. 내게 자신이 녹음한 음악 카세트테이프를 선물로 줬다. 그렇게 만남이 몇 번 이어졌다. 그리고 K, P, L이 교회에 오기 시작했다. 한결같이, 어김없이, 설교가 끝나 갈 때쯤. 씨죽씨죽 웃는 얼굴로 어슬렁어슬렁 걸어 들어왔다. 설교를 마감하다가 그 얼굴들을 보면, 나도 씨죽씨죽 웃음을 흘리며 그들을 맞았다. 내가 다른 교회로 옮길 때까지 한 번도 예배 시간을 맞춰 온 적은 없었다. 내가 마지막으로 그 교회에서 예배드리는 날도 어김없이 같은 시간에 왔고, 나도 똑같이 씩~ 웃음이 나왔다. 예배 시간이 끝나고 작별인사 시간이었다. 동그란 판 안에 십자가가 도드라지게 튀어나온 금목걸이를 선물로 받았다.

"이 선물이요. 제가 먼저 하자고 한 거예요."

넉넉지 못한 형편에도 마음만은 부요한 아이들의 사랑을, 부족하기만 한 나는 그렇게 받았다. 그때 문학의 밤의 하이라이트였던 연극, 〈빈방 있어요?〉를 잊지 못하는 이유는 K, P, L 덕분이다. K의 엄마가 된 것은 그곳에 있는 동안 경험한 가장 멋진 일이었다. 잠시에 불과했지만, 아름답기만 한 K의 엄마, 친구 같은 엄마가 되었다. 지금은 그 얼굴을 기억하지 못해 미안하다. 지금도 소유와 무관하게 아름답게 살기를 빈다.

◦ "임신할까 봐 두려워요." 나를 찾아 준 C

"선생님, 오늘 수업 끝난 후 저 좀 만나 주세요. 의논할 일이 있어요."

2학년 C가 수업을 끝내고 나오는 내게 말했고, 저녁에 우리는 단둘이 만났다. C가 말문을 열었다.

"임신할까 봐 무서워서 왔어요."

오랫동안 마음을 주고받으며 지낸 남자친구가 아니었다. 어쩌다가 성관계를 갖게 되었다. 남자친구가 사정하기 전에 밀어냈다. 그래서 임신이 안 될 수도 있다고 생각한다. 그렇지만 불안해서 왔다.

"임신이 될 수도 있을까요?"

나도 몰랐다. 내 안에도 C와 같은 질문과 불안과 두려움이 몰려왔을 뿐이다. 그래도 일단 나를 찾아올 수 있어서 다행이었다. 가장 먼저 생리일을 확인했고, 그때까지 기다리며 함께 기도하는 것 외에 해줄 수 있는 일이 내게는 없었다. 사후피임약 같은 것이 있는 줄 몰랐다. 도무지 준비된 사람이 아니었다. 나는 간절하게 신께 부탁했다. 나는 불치병에 걸린 사람들을 놓고 보통은 낫게 해달라는 부탁을 하지 않는다. 내 경험에 의하면 신은 기도를 들어주는 대신에 기도하는 사람들을 바꾸는 존재였다. 불치병이 낫는 대신 죽음을 받아들이는 과정에서 성숙하게 하는 분이 내가 아는 신이다. 물론 기적도 행하시는 분임을 부정하지 않는다. 내게도 신비한 경험이 있었다. 그러나 극히 드물다고 생각했다. 기도는 결코 뭐든 구하면 내어 주는 도깨비방망이가 아니었다.

그런데 C를 위해 무조건 임신이 되지 않게 해달라고 간절히 부탁했다. 기도했다. 그 외의 어떤 사족도 붙이지 않았다. 절대 궁지에 빠져서는 도깨비방망이와 같은 기도를 할 수밖에 없었다. 또 한편으로는 C를 보호하기 위한 궁리를 했다. 가장 먼저 C의 부모로부터 보호해야 할 것이다. 세상에. 부모로부터 보호해야 한다니. C의 부모가 이 사실을 알게 된다면 C를 어떻게 할까? 내 상상 속에서 C의 부모는 소리 지르고 때리고, 울고, C는 무서워 떨면서 울었다. 적절한 처리 방법을 놓고 의논하는 대신, C가 가출하는 장면도 보였다. '가장 먼저 할 일은 C를 그 부모로부터 분리하는 것이다', 'C 대신 내가 먼저 만나 엄마를, 아빠까지 만나 진정시켜야 한다', 'C의 남자친구와 그 부모도 만나야 한다', 'C는 출산해야 할까? 낙태해야 할까?' 궁리하는 동안, 다행스럽게 C는 생리를 시작했고, 이후 안정적으로 학교에 다녔다.

　내가 학교를 떠나 다른 곳에서 일할 때, C가 연락을 했다. 졸업했고, 대학에 들어갔다는 소식을 전해 줬다. 한때의 원하지 않았던 실수로 C가 도리어 지혜로워졌을 것으로 나는 생각한다. 누구라도 한 번 실수로 위기를 맞을 수 있다. 그 경우 누구를 찾게 될까? 그때 부모는 어떤 사람인가? 가장 먼저 알리고 싶은 사람인 동시에 가장 알리기 두려운 사람이다. 미국 퍼듀대학교 교수이며 작가인 록산 게이는 그의 작품 《헝거》에서 어릴 적 참혹했던 성 경험과 이후 겪어야 했던 고통을 성인이 되어 그 글을 쓸 때까지 부모에게 알릴 수 없었다. 그래서 더 고통스러운 날들을 보냈다. 그러나 록산 게이는 내가 알지 못하는 그 고통을 극복하며 많은 작품을 남겼다.

침착하게 대응하지 못하고, 우선은 놀란 마음에 부모가 가장 버럭 화를 내기가 쉽다. 그래서 말하기 쉬운 친구를 찾을 수 있겠지만, 별 도움을 받을 수 없다. 그럴 만한 친구조차 없을 때, 얼마든지 더 위험한 길로 접어들 수도 있다. 부모에게 의논할 수 없을 때, 나를 찾아와 준 C에게 고맙다. 내가 한 일은 전혀 없었다. 다만 C의 말을 듣고 C에 대한 편견 없이 그 옆에 그것도 잠시 함께 있어 주었을 뿐이다. 다행스럽게 임신하지 않고 위기를 넘겼지만, 임신이 되었다면, 나는 궁리한 일들을 진행했을 것이고, 최대한 C를 지키려고 했을 테지만, 얼마만큼 가능했을까?

세상에 소위 혼전 순결이라고 하는 것을 지키는 사람들이 얼마나 될까? 혼전 순결이 사람보다 중요한가? 우리 자녀가 C처럼 어린 나이에 임신한다면 우리는 어떻게 해야 할 것인가? 어른이라면, 부모라면, 선생이라면. 미리 생각해 볼 일이다. 아직은 어린 나이에, 바로 나의 자녀에게, 내가 맡은 학생에게, 만약에 일어날 수 있는, 얼마든지 일어날 수 있는 일들 앞에서 당황하고, 화를 내고 소리를 지르고, 밖으로 내치는 일들이 없기를

48

빈다. 임신과 출산, 양육을 계획할 때, 눈앞에 펼쳐질 수 있는 일들도 의논할 수 있는 성숙한 의식으로 가득한 세상을 상상해 본다.

불온한 사람들?

인류가 존재한 게 언제부터일까? 그동안 얼마나 많은 사람들이 세상에 왔다 갔을까? 그들은 얼마나 달랐을까? 시대에 따라, 지역에 따라 생김새며, 생각이며, 문화가 바뀌지 않은 적이 없다. 살아 있는 생물은 쉬지 않고 변한다. 사람도 생물이다. 같은 시대를 살아도 기후, 지형에 따라 문화가 다르고, 보고 듣고 경험하는 것이 다르기에, 생각과 생활방식이 다르고 타고나는 천성이 다르다. 그럼에도 불구하고 같은 점이 있다면, 나는 두 가지를 택하겠다. 어떤 사람이든 유일하게 독특하다는 것이 하나다. '세상에 같은 사람은 없다. 누구나 다르다.' 또 다른 하나는 누구 하나 완벽할 수 없다는 것이다. 아니 세상에 완벽이라는 게 존재하지 않거나, 그와는 반대로 존재하는 것 모두 그 자체로 완벽할 수도 있다. 따라서 '개인의 독특한 특성 때문에 혐오의 대상이 될 수 없다.' '원치 않게 경험한 사건으로 영원히 나락으로 떨어져도 되는 사람은 이 세상에 단 한 명도 없다.'

"엄마 나 엄마한테 고백할 게 있어. 그런데 엄마가 약속해 줘야 고백할 수 있어. 무슨 약속이냐 하면? 엄마가 아니라 상담가로 들어줘야 해. 그러니까 갑자기 화를 내거나, 소리를 지르면 안 되는 거야."

중학생이었던 딸 J2가 내게 조용히 와서 말했다. 나는 그러겠다고 약속했다. J2가 엄마가 아닌, 상담가인 내게 고백했다. J2에게 엄마인 내가 무서웠다면, 상담가인 나는 그렇지 않았다. 이게 보통 엄마의 현주소이며, 부모의 현주소 아닐까? 상담자 조희선에게 J2가 한 고백의 내용이다. J2가 엄마 지갑에서 돈을 빼갔다. 1,000원 2,000원도 아닌 만 원이다. 당시에는 꽤 큰돈이다. 그 일이 있고 계속 양심에 찔렸다. 마음이 편치 않아서 고백하고 싶지만, 엄마의 반응이 무서웠다.

상담자 조희선은 화내지 않았다. 소리를 지르지도 않았다. 솔직하게 말해 줘서 다행이라고 말해 줬다. 나도 성장하면서 그런 일이 있었다. 엄마에게 말하지 못한 일이 내게도 있었다. 내게 친구 같은 신이 생겼을 때, 그런 고백들을 신께 할 수 있었다. J2에게는 엄마와의 사이에 중간 역할을 하는 상담자가 있었고, 상담자는 J2의 기대대로 엄마와 J2 사이에서 중간 역할을 해줄 수 있었다. 나는 J2의 엄마이지만, 동시에 상담자가 될 것이다. J2가 혼자 두려움에 떠는 일은 없을 것이다. 앞으로는 내가 아닌, 다른 상담자, 혹은 신 앞에서 어려움을 덜 수 있을 것이다.

K는 동성애자였다. 처음에는 전혀 알지 못했다. 그를 만나기 전까지 나는 동성애자들이 이상하고 좋지 못한 사람이라고 여겼다. K가 동성애자였다는 것을 그가 내게 털어놓아서 알게 된 것이 아니다. 다른 사람이 전혀 예상하지 못한 시간에 그를 공격하기 위해 그 사실을 밝혔다. 순간 그가 겪었을 당황스러움 내지 수치를 나는 걱정했다. 놀랐지만 혐오의 감정은 일어나지 않았다. 그 사람이 어떤 사람인지 이미 알고 있었기 때문이다.

나는 편하게 K와 그의 성적 지향을 놓고 대화할 수 있었다. 그는 자신의 성적 지향을 즐기기보다는 괴로워하고 있었다. 그의 됨됨이를 알기에 나는 이후 동성애자들에 대한 편견을 버릴 수 있었다. 이성애자가 얼마든지 부도덕하게, 혹은 상대의 동의 없이 단지 쾌락만을 위해 사랑 없는 행위를 할 수 있듯이, 동성애자도 그럴 수 있다. 그 점에서는 이성애자와 차이가 없다. K를 만나면서 동성애 자체는 단순히 변태가 아니라 남들과 다른 사랑이라는 생각을 할 수 있게 되었다. 그를 만난 후에, 동성애자 자신과 청소년 동성애자의 부모가 하는 말이 편견 없이 귀에 들려왔다. 한 당사자는 말했다. "사람들은 우

52

리의 사랑을 다만 섹스로 국한한다. 그러나 어떤 사람이 이성 상대를 생각할 때 가슴이 두근거리듯, 우리도 그런 사랑을 한다." 한 청소년의 부모가 하는 말이 이랬다. "어떻게 그렇게도 가혹하고 큰 불이익을 당하면서까지 동성애자가 되려 할까요?"

알고 보면 태어나면서부터 성기가 둘인 사람이 있고, 검사로 성향을 결정해 한 가지 성을 택하는 수술을 하는 경우가 있다고 한다. 얼마든지 세상에는 우리가 알 수 없는 일들이 있다. 우리의 편견을 깬다면 이해할 수 있는 것들이 많다. 동성애를 생각할 때, 오직 섹스만을 상상하며 그들의 사랑을 규정한다면, 그것이 도리어 사랑을 말하면서 도리어 섹스 외에는 사랑을 알지 못하는 현상 아닐까 싶기도 하다.

학교에서 만난 C가 원하지 않는 임신을 했다면 어땠을까? C의 성행위 혹은 있을 수 있었던 임신은 단순히 실수일까? 아니면 성장 과정일까? 그로 인해 C의 삶이 나락으로 떨어지게 된다면, 그건 단순히 C의 책임일까? C를 편견 없이 받아 주지 못하는 부모, 지인들, 사회적 편견, 혹은 제도의 책임일까? C와 같은 사람들이 얼마나 많을까? 그들은 지금 어디서 어떤 모습으로 살아가고 있을까?

2018년 개봉된 영화가 생각난다. 한여름 뜨거운 볕을 피해 모텔 벽에 두 아이 무니와 친구 스쿠티가 앉아 있다. 지루해 보이지만 잠시다. 아이들은 어느새 놀잇감을 찾아냈다. 근처 모텔에 사는 글로디아의 새 차에 침 뱉기다. 깔깔거리며 웃다가 급기야 글로디아의 눈에 띠고 말았다. 무니집으로 달려가 숨는다. 글로디아와 무니의 엄마 핼리의 거친 설전이 시작된다. 어린아이 어른 할 것 없이 싸구려 모텔에 사는 밑바닥 인생들의 말과 행동들 모두가 보기에 거북하다. 불온하다. 그러나 교양 없고, 세련되지 않은, 투박한 그들의 언어가 가장 합리적인 결론을 냈다. 핼리와 무니, 스쿠티에 글로디아의 손녀 젠시까지 합세해 룰루랄라~ 침으로 더럽혀진 차를 닦는다. 그야말로 버젓이 할 수 있는 진짜 놀이가 되었다. 뿐만 아니다. 핼리와 글로디아는 이웃이 되고, 무니에게 새 친구 하나가 더 생겼다. 무니, 스쿠티, 젠시가 세 악동으로 탄생했다. 둘보다 셋이 보기 좋다. 모텔 관리인 바니의 말대로 보통 때는 좋은 아이들이다.

영화 〈플로리다 프로젝트〉 초반 줄거리다. 나는 악동들에게서 '불온'이란 딱지를 떼기로 했다. 편견을 버리고 그들과 작은 모험을 즐기기로 했다. 악동들이 달리보이기 시작한다. 아이스크림을 살 돈이 없으면 아이스크림을 사는 어른들에게 잔돈을 부탁한다. 나는 '얼쑤'

마음속으로 추임새를 놓는다. 한 개의 아이스크림이면 족하다. 셋이서 돌려가며 빨아먹는다. 얻어먹는 주제라면 마땅히(?) 가져야 할 비굴함은 보이지 않는다. 아이스크림 가게 주인이 "가버려"라고 소리치면, "우리도 손님이에요" 하고 답한다. 아이스크림 가게에는 분명 값을 치렀으니 당연하다.

세 악동들은 '우리가 함께 살아가는 세상'을 몸으로 살아 내고 있다. 굳이 말하자면 분배 정의와 차별 없는 인권의 삶이랄까! 자신들이 묵고 있는 싸구려 모텔의 구석구석을 놀이터로 만들어 버린다. 풀밭에 소 몇 마리만 있어도 아이들에게는 사파리가 된다. 무니와 스쿠티, 젠시가 함께 있으면 얼마든지 신나게 놀 수 있다. 쓰러져 있는 고목나무조차 힘겹게 살아가는 아이들에게 선생이 된다. '쓰러져서도 계속 자라'기에 멋지다. 쓰러져서도 자라는 고목나무는 자신들이며, 최선을 다해 살아가는 엄마와 할머니일 것이다. 동시에 무지개와 같은 희망이다. 착한 천사가 그 희망을 지켜 주기를 바란다. 잘 차려진 식탁을 맛보며 인생다운 인생을 기대해 보기도 한다.

무엇이 아이들에게 이런 지혜를 주었을까! 가난이다. 가난은 때로 기회다. 그러나 동시에 위험하다. 그래서 반드시 끝나야 한다. 무니와 핼리는 이미 충분히 위험하다. 그저 불장난을 했을 뿐인데 큰불을 냈다. 방화범이 되었다. 그 일을 알아 버린 애슐리는 모두의 안전을 위해 핼리와 의논하는 대신, 아들 스쿠티만을 보호하기 위해 핼리와 무니를 버리기로 했다. 핼리와 무니는 애슐리와 스쿠티를 잃었고 애슐리와 스쿠티 역시 친구를 잃었다. 그들 모두가 웃음을 잃었다. 핼리와 무니에게 애슐리가 제공하던 저녁 식사, 와플마저도 끊어졌다. 고립되었다. 딸과의 생존을 위해 핼리가 몸을 팔기 시작했다. 딸 무니와 화장실 벽 하나를 사이에 두고 성매매를 했다. 곧 무니에게 어떤 일들이 펼쳐질지 누구나 알수 있다. 그럼에도 불구하고 딸 무니 앞에서만큼은 웃음을 잃지 않는 핼리가 눈물겹게 대견할 정도다.

그러나 그런 핼리와 무니 앞에 가혹한 결정이 내려졌다. 이웃의 성매매 신고에서 아동국의 신속한 출현과 무니의 위탁가정 입양 결정까지 그야말로 일사천리로 진행된다. 수혜자인 주제(?)라서, 게다가 성매매나 하는 매우 불온한(?) 여자라서 선택권이 없는 핼리는 분노하지만 할 수 있는 일이 없다. 강제집행이다. 무니는 강하게 거부하며 친구 손을 붙잡고 디즈니랜드로 달아난다. 핼리가 아이를 키울 수 있게 도움을 달라고 요청할 때 매정하게 거절한 당국은 마치 신고를 기다리기라도 한듯 어째서 이리도 일사천리로 움직이는가? 핼리와 무니를 철저히 배제한 결정은 타당한가? 질문에 질문이 꼬리를 이으며 수많은 핼리들와 무니들을 떠올렸다.

엄마라는 존재에 대해

영화 〈플로리다 프로젝트〉가 개봉된, 같은 해인 2018년 tvN에서 드라마 〈마더〉가 방영됐다. 엄마는 어떤 존재인가? 드라마 〈마더〉에서 배우 채영신은 암 투병으로 쇠약해질 대로 쇠약해진 자신의 마지막 힘을 내어 주며, 유괴범으로 구속된 딸 강수진(사실, 강수진은 친엄마와 그 동거남으로부터 학대받고 있는 윤복을 구하기 위해 데리고 나섰다가 납치범이 되었고, 윤복과 강수진은 엄마와 딸이 된 것이다)을 변호하며 엄마라는 존재에 대해 말한다. "엄마란 작은 존재를 위해 제 모든 것을 내어 주는 존재입니다." 채영신에게 유명배우로서의 명예, 배우라는 신분과 곧바로 죽음으로 이어질 마지막 힘의 소진 같은 것은 딸과 그 딸의 안전 앞에서 아무것도 아니었다. 강수진에게도 이미 자신의 딸이 된 윤복의 안전과 행복 앞에서 자신이 누릴 수 있는 모든 미래가 아무것도 아니었다. 그러나 핼리에게는 작은 존재 딸, 무니를 위해 내어 줄 명예도 있음 직한 어떤 미래도 갖지 못했다. 오직 제 몸밖에 없었고 그 몸을 내어 주기로 했다. 그것으로써, 헬리는 충분히 엄마가 아닌가? 나는 묻고 싶었다.

"제 엄마가 술집에 다니며 번 돈으로 저는 공부하고 있습니다. 그런 돈으로 공부를 하면 안 되는 걸까요?" 어느 날 학생 하나가 내게 물었다. 이런 아픔들을 갖고 지내는 모녀가 얼마나 많은가? 우리는 자식을 또는 동생들을 위해 제 몸을 바쳐 제 몸을 팔며 숨죽여 우는 많고 많은 순희들에게 손가락질을 할 수 있을까? 부와 권력을 가진 자들의 성 추문, 법을 이용한 법꾸라지들은 처벌받지 않는 세상에서 아무것도 소유할 수 없는 이들의 윤리적 타락과 투박한 불법에 대한 정죄는 얼마나 가혹한지 모른다. 불온이라는 딱지를 떼어 버리면 이제껏 딱지를 붙이고 바라보던 사람들이 달리 보인다. 사람은 누구나 동등하며, 성장 과정으로 누구나 실수한다. 그 실수를 완벽하게 꺼내 놓을 수 있는 세상이라면, 세상은 지금 이보다 훨씬 아름다울 것이다.

작가 홍승은과 이슬아의 책을 읽었다. 그들의 생각과 말이 나의 좁은 시각과 내가 알고 있는 세상을 넓혀 주었다. 최근 도서관에 가서 그들의 책을 더 빌려 보려 했지만 그럴 수 없었다. 몇 번씩 시도했지만, 별수 없었다. 대출 중이었고, 대출 예약 중이기까지 했다. 그들의 글을 좋아하는 사람이 많은 것이다. 왜 사람들이 그들의 책을 좋아할까? 그들의 책을 읽으며 내가 받은 느낌은 담담함이다. 솔직함이고 진실함이다. 세상 사람들이 치켜세울 만한 것 없는, 어쩌면 그 반대일 수도 있는 자신의 삶을 있는 그대로 드러내는 게 결코, 쉬운 일이 아니다. 그 둘의 삶도 결코 쉽게 보이지 않는다. 대중의 생각들, 다시 말하면 자신들이 경험하면서 맞닥뜨리는 질문없이, 때에 따라 환경에 따라 달라질 수밖에 없는 생각 대신 오래된 관습들이 제시하는 그 대중의 생각들에 묶이지 않고, 치열하게 사유하며 스스로 삶을 개척하는 두 작가가 무척이나 부러웠다.

두 작가가 유별나게 살고 있을까? 어떤 면에서 그들은 유별나다. 특히 홍승은 작가의 삶이 더 그렇게 느껴진다. 그런데 과연 그들처럼 사는 사람이 더는 없을까? 도서관에서 내가 두 작가의 책을 빌려 볼 수 없도록, 그 책들을 빌려 읽었거나 빌려 읽기 위해 대출 예약을 해놓은 보통의 사람들, 보통의 젊은 사람들은 어떤 생각으로 그들의 글을 읽을까? 부모 세대들에게 드러내지 못하는 자신들의 생각과 삶을 스스로 인정하고, 위로받고 있는 건 아닐까? 나의 주관적인 생각이다. 결국, 나는 도서관에서 이슬아 작가의《나는 울 때마다 엄마 얼굴이 된다》만을 빌릴 수 있었고, 홍승은 작가의《두 명의 애인과 삽니다》는 교보문고에 가서 사야 했다. 두 책을 읽으며, 책으로나마 그들의 엄마, 부모님을 알게 되어 기쁘다. 여전히 세상에 그런 분들이 있다는 사실에 안도하며 더 나은 세상이 오리라 생각한다.

이슬아 작가와
그 엄마 복희씨 이야기

이슬아 작가의《나는 울 때마다 엄마 얼굴이 된다》를 읽으며 그의 '친구 같은 엄마'를 알게 되었다. 이슬아는 〈베니스의 상인〉을 읽은 후 그 책의 지은이인 윌리엄 셰익스피어 같은 사람이 되고 싶었다. 〈베니스의 상인〉에 나오는 상인들보다, 이야기를 파는 상인을 안전하게 여겼다고 했다. 셰익스피어의 책을 비롯해 여러 작품들을 잊지 않았다. 그러나 곧바로 이야기를 파는 상인이 될 수는 없었다. 스물두 살부터 집에서 나와 독립하면서 생활비도 벌어야 했다. 카페나 음식점 아르바이트가 흔했지만 적은 시급에 비해 너무 많은 시간을 잡아먹는 노동이었다. 학교도 다니고, 데이트도 해야 하고, 책도 읽어야 하고, 살림도 해야 하니, 흔치 않은 것을 가진 상인이 되고 싶었다. 자본주의 사회에서 고급 인력이 되려면 남들이 못하는 일, 혹은 할 수 있어도 선뜻 하고 싶지 않은 일을 잘할 수 있어야 했다. 누드모델을 하기로 했다. 나체를 필요로 하는 곳이 생각보다 많았고, 카페나 음식점 아르바이트보다 시급이 몇 배로 많았다. 당시 시급

3만 원이었다.

　누드모델은 입고 벗기가 어렵지 않은 가운을 입어야 한다. 누드모델을 하겠다고 이슬아가 엄마한테 말하는 데는 아무런 어려움이 없었다. 이슬아의 엄마 복희씨가 가운을 골라 주었다. 알몸으로 벗겨지기 전에 입고 있는 옷은 최대한 고급스러워야 한다고, 복희씨가 운영하는 구제 옷가게에서 11만 원에 팔던 폴스미스 알파카 롱코트를, 날이 따뜻해지면서는 역시 그의 구제 옷가게에서 7만 원에 팔던 랄프로렌의 가운을 골라 주었다. 구제 옷가게에서는 최고로 좋고 비싼 것들이었다.

　이슬아의 엄마 복희씨는 '왜 하필?'이라 하지 않았다. 누드모델을 필요로 하면서 모순되게 누드모델에 대한 편견을 갖는 세상에서 이슬아의 엄마 복희씨는 편견 대신, 어떻게 해야 더 낫게 누드모델을 할 수 있을지 알려 준 사람이었다. "엄마 복희는 알려 주었다. 그럼에도 불구하고, 고난에 지지 않고 살아간다는 것의 의미를." "우리는 서로를 선택할 수 없었다. 엄마와 딸, 서로가 서로를 고를 수 없었던 인연 속에서 어떤 슬픔과 재미가 있었는지 말하고 싶었다. 무엇보다 우정에 관한 이야기라고 생각한다. 우연히 만난 두 사람의 우정." 이슬아는 '고난에 지지 않고 살아간다는 것의 의미'를 엄마 복희씨가 알려 주었다고 말한다. 그 둘 간의 우정을, 우정 속에서 만난 슬픔과 재미를 말하고 싶었다고 말한다. 나는 그의 다른 책에서 고난에 지지 않고 살아간다는 것의 의미를 배우고 있고, 《나는 울 때마다 엄마 얼굴이 된다》를 읽으면서 두 모녀의 우정 속에 생겼던, 슬픔과 재미를 읽을 수 있었다.

《두 명의 애인과 삽니다》에서
만난 엄마들

세상은 나를 어떻게 바라볼지 모르겠지만, 나는 아무래도 이중적인 게 분명하다. 수영장에서 걷기 운동을 하며 만난 두 언니, L과 S는 내가 신기하단다. 까탈스럽게 생긴 게, 스테이크만 먹을 것같이 생긴 것이, 아무 음식이나 잘 먹고 많이 먹는 게 신기하단다. 사실 먹성만 그렇지 않다. 속으로 별의별, 세상이 불온하다고 할 생각을 한다. 때로는 그런 생각들을 거침없이 내비치기도 한다.

어느 날, 성경이 일부일처제가 아니라 중혼(한 사람이 동시에 여럿의 부인이나 남편과 결혼하는 것)을 인정할 수 있다는 생각이 들었고 그런 생각을 페이스북에 올리기도 했다. 근거는 창세기 2장 24절이었다. "그러므로 남자는 아버지와 어머니를 떠나 아내와 결합하여 한 몸을 이루는 것이다." 이 본문을 결혼제도의 원형으로 인정하는 교회는 일부일처제를 당연시한다. 그러나 내게는 이 본문이 반드시 일부일처를 강조하는 것 같지 않았다. 오히려 남자와 여자의 관계에 있어, 부모를 떠나 신체적으로 정신적으로 독립하는 것이 더 중요한 메시지로 보인다.

만일 여러 사람을 동시에 사랑하고, 각각의 관계가 한 몸을 이룰 수만 있다면? 물었다. 성경 안의 인물들, 특히 믿음의 조상으로 추앙받는 인물 중 일부일처로 지낸 사람이 없다. 언젠가 치누아 아체베의 소설 《모든 것이 산산이 부서지다》를 읽으면서도 그랬고, 가끔 드라마를 보면서도 처첩 관계에 있는 이들이 사이좋게 지낼뿐 아니라, 때로 서로를 의지하고 보완하며 살아가는 장면을 볼 수 있었다. 지역에 따라서는 남편이 아내를 다른 남자의 잠자리에 기꺼이 들여보내기도 한다. 모든 사람에게 가능할 수 없겠지만 모두에게 불가능한 일은 아닐 것이다.

이런 생각을 한 전력이 있는 내게 홍승은 작가의 책 제목 《두 명의 애인과 삽니다》가 눈에 들어왔다. 폴리아모리 에세이다. 꼭 읽고 싶어졌다. 이미 작가의 다른 책을 읽은 터라, 어떤 선입견, 불온할 수 있다는 생각은 전혀 없었다. 내가 알지 못하는 다른 사람의 세계가 궁금했다. 역시 사기를 잘했다. 우주와 지민, 승은이가 함께 산다. 우주와 지민 둘이 승은의 애인이다. 이들은 폴리아모리 관계로 살아간다. 폴리아모리는 '다자연애'라고만 알려져 있지만, 승은 작가에게는 '비독점'과 '합의'

를 위한 노력과 같은 말로 다가왔다고 한다. 그렇게 생각하게 된 배경이 있다. 그러나 세상은 이들의 관계를 이상한 관계라고 말하거나 난교, 바람, 악의 세력, 타락의 끝, 소돔과 고모라와 같은 단어들을 연상하기도 한다. 말이 안 된다고 한다. 이 셋이 어떤 고민과 노력으로 관계를 맺고 있는지 전혀 알려고 하지 않은 채 무턱대고 찌르는 말을 뱉는 사람들이 있다고 한다. 그러나 사람은 누구나 다르고 각각 독특한 사랑을 할 수 있다는 것이 내 생각이다. 물론 나는 그렇게 살지 않는다. 우주, 지민, 승은의 의외로 평범한 삶을 읽어 가다 보면, 지금까지 그들이 만들어 왔듯이 노력할 만한 능력이 없어서 그렇게 살 수 없을 것 같다. 그렇더라도 글을 읽으며, 보통 사람들처럼 평범하다는 그들의 삶이 내게 아름답게 비친다. 나도 참 별난 사람이긴 한가 보다. 책 71페이지까지 읽으면서 그 안에서 모태 신앙 출신의 독실한 기독교인인 승은의 엄마와 우주의 부모님을 만나고 있다. 멋진 분들이다. 나라면 같은 상황에서 그분들과 같이 생각하고, 그분들처럼 셋을 대할 수 있을까!

승은 작가 엄마는 전화할 때마다 우주랑 지민이는 잘 있는지 안부를 묻는다. 같이 있으면 전화를 바꿔 달라고 하고 둘 모두에게 사랑한다는 말도 빼먹지 않는다고 한다. 지민이 어지러운 건 어떠냐고 걱정해 준다. 우주의 집과 건강, 함께 살아가는 강아지들의 안부도 묻는다. 엄마는 폴리아모리가 불가능하다거나 문란한 짓이라고 말하지 않는다. 딸이 죄를 짓고 있다고 함부로 말하지 않는 것은 물론, 있는 그대로의 딸과 그의 삶을 존중한다. 외할머니 집에 다 같이 놀러 오라는 당부도 한다.

셋이 함께 우주의 부모님도 여러 번 만났다. 우주 어머니는 처음 보는 지민에게 사진보다 실물이 더 멋지다며 반갑게 인사를 건넸다. 우주 어머니, 우주의 동생, 우주, 승은 작가, 지민, 승은 작가의 동생이 동그랗게 둘러앉아 귤을 까먹고 커피를 마시면서 살아가는 이야기도 나눈다. 승은 작가의 첫 책 《당신이 계속 불편하면 좋겠습니다》를 선물해 드릴 때, 혹시 페미니즘에 거부감이 들진 않을까 걱정했는데, 우주의 어머니는 이미 승은 작가의 책과 동생 승희의 책까지 다 읽은 뒤였다. "우리 우주가 승은씨 같은 사람을 만나서 나도 페미니즘을 알게 되고, 시야가 넓어지는 것 같아요. 덕분에 저도 많이 배우고 있어요"라고 했다. 세 사람처럼 자신들도 계속 배우고 성장하는 관계가 되려고 노력하고 있으며 세 사람 사는 모습이 정말 보기 좋다고도 했다. 두 번째 단행본을 선물하자 우주의 아버지는 승은 작가의 눈을 보면서 정말 고생 많았다며 책을 쓰느라 잠도 잘 못 잤겠다고 하며 따뜻하게 격려했다.

　세상에 여전히 다른 이들의 삶을 있는 그대로 받아들이는 분들이 있다. 꼭 엄마가 아니어도 좋다. 그러나 세상의 엄마들이 먼저 자녀들에게 그런 분이 되었으면 하는 바람이다.

　엄마! 이분들의 이야기를 하다 보니 돌아가신 엄마가 그리워진다.

(2부)

2월의 참빗나무를 보면

2월 하순이다. 참빗나무에 순이 돋고 있다.

6년 전 딱 이맘때였다.

"아유~ 이봐. 순이 돋았네. 이거 먹을 수 있는 거란다. 순을 따서 살짝 데쳐서 무치면 아주 맛있어."

참빗나무를 보며 엄마가 한 말이다. 참빗나무 순으로 나물을 해 먹는다는 것은 그때까지 몰랐지만, 나는이미 참빗나무 나물을 먹었을 가능성이 크다. 엄마는 먹을 수 있는 것이라면, 몸에 좋은 것이라면, 더구나 값이 비싸지 않다면 뭐든 그것으로 식구들을 해 먹였으니까.

엄마는 이미 2019년 5월 31일 내가 알지 못하는 곳으로 갔다. 어디로 가야 만날 수 있을지, 어떤 모양으로있을지 죽어 보지 않은 나는 모른다. 어쩌면 내가 모르는 어떤 곳에 존재하기는 할까? 과연 후에 만날 수 있기는 할까? 알지 못하는 내게 엄마가 돌아가셨다는 표현은 와닿지 않는다. 흙에서 왔다가 흙으로 돌아간다면 모를까. 하나님 품으로, 혹은 천국으로 갔다는 표현은 내게 크게 와닿지 않는다. 미지의 세상이다. 그러면서도 내가 모르는 저 위에 있는 세상에서 '내가 엄마를 얼마나 그리워하는지', '엄마한테 얼마나 미안해하고 있는지', '내 잘못을 잘 알고 있는지' 보실 수 있기를 바란다. 내가 큰 소리로 '엄마~'라고 부를 때, 아니 저 마음 깊은 곳에서 소리 없이 더 깊은 곳으로 '엄마~' 하고 부를 때, 내 소리를 듣고, 마음을 볼 수 있기를 바라고 있다.

엄마는 뻣뻣한 삼베 수의가 싫다고, 하얀 포플린 수의를 미리 준비해 놓았다. 엄마를 위해 우리 자식들이 준비해 놓은 것은 거의 없다. 엄마는 늘 우리를 위한 준비를 해왔고, 이제 가시는 길조차도 당신이 준비해 놓은 것으로 가신다. 하얀 포플린 수의, 빨갛고 노란 꽃들로 수놓은 꽃버선을 신은 채, 관 옆에 누워 있는 엄마를 보았다. 알록달록한 꽃버선이 좋았다. 엄마는 평생을 꽃을 좋아했다. 끈으로 묶여 있는 엄마의 몸은 한없이 작고 작았다. 앙증맞은 꽃버선이 어울리는 딱 한 줌밖에 안 되는 자그마한 체구였다. 그 몸이 아흔다섯 해를 몸이 닳을 정도로 쉼 없이 살아왔다니. 그 작은 몸뚱아리에 아버지와 할머니와 5남매, 무려 여덟 식구가 75년간 매달려 있었다는 사실이 믿기지 않았다. 게다가 엄마를 닮은 큰오빠를 제외하고는 4남매가 다 아버지를 닮아 장신의 거구였다. 엄마의 6.25 전쟁 살아 내기는 거의 초인적이기도 했다.

엄마가 죽고 내 마음이 그렇게 힘들어지리라고는 생각하지 못했다. 심지어 '엄마가 편해지려면 어서 돌아가셔야 할 텐데'라는 생각까지 했다. 사실은 거짓말이다. '엄마만이 아니고 나도 편할 텐데' 하는 생각이었다. 엄마가 죽은 후 1년 동안이 그야말로 힘들었다. 늘 불면증으로 약을 먹어야 했던 나는 '엄마 생각으로 가슴이 아파 혹 내가 잠들지 못하면 어떻게 할까?'를 걱정했다. 그만큼 이기적이었다. 손자들 사진을 보며 엄마 생각을 지우려 했고, 때로는 내게 있는 괜찮은 옷들을 입는 상상을 하며 자꾸 엄마가 아닌 다른 곳으로 생각을 돌리려고 했다.

그러나 집 안 곳곳, 아파트 마당 구석구석이 엄마를 기억했고 내게 그 기억들을 가지고 말을 걸어왔다. 화장실은 엄마가 그곳에서 어떻게 넘어져 있었는지 떠올려 보라고 했고, 욕조 안에서 엄마가 어떻게 앉아 있었고, 일어날 때 얼마나 위태로웠는지를 떠올리라고 했다. 식탁에 앉으면 엄마를 불러오라고 말했고, 나는 작은 목소리로 '엄마. 나와. 식사하자' 하고 불러 봤다. 그러나 엄마는 대답도 하지 않았고 나오지도 않았다. 때로 엄마는 식탁에 앉아 "간이 이게 뭐냐? 소금 좀 더 쳐"라고 하든가, "어휴. 이런 게 식구들을 어떻게 해 먹이고 살았을까?" 말을 하다가 사라지기도 했다. 또 어떨 때는 가스레인지 앞에 서서 꽈리고추와 멸치를 볶고 있다가, 때로는 힘겹게 씽크대에 몸을 의지한 채로 내가 해야 할 설거지를 하다가 사라지기도 했다.

마당에 나가면 아파트의 벤치가 엄마가 했던 말들을 기억해 보라고 했다. '저거도 먹을 수 있단다' 하며 엄마가 손으로 가리켰던 꽃사과 나무를 보라고 했다. 꽃을 사랑하는 엄마가 그 이름을 알려 준 각양 꽃들도 그때 엄마의 표정, 입고 있던 옷, 했던 말들을 떠올리라고 했다. 그러면 나는 그때를 떠올려 기억하려고 한다. 그 열매, 그때의 표정, 입고 있던 옷들까지 선명해진다. 엄마가 앉았던 벤치에는 아직도 융으로 된 붉은 체크 잠옷 바지를, 왼쪽 가슴에 반짝이가 박힌 감색 폴로 티셔츠를 입고, 내가 산 꽈리고추를 다듬기에 열심이었던 엄마가 그대로 앉아 있다. 붉은 체크 잠옷 바지는 부산에서 언니가 코스트코에서 산 것이라고 엄마가 말해 줬다. 반짝이가 박힌 감색 폴로 티셔츠는 내가 엄마와 홈플러스 월드컵 점에 가서 5,000원을 주고 산 것이다. '뱅뱅' 브랜드가 균일가 세일을 하고 있었다. 엄마가 하필이면 내 눈에는 촌스럽기 짝이 없는 그 옷을 집어 들었다. 이유를 알고 있다. 5,000원이라는 가격이 이유다. 엄마는 5,000원이 넘는 것은, 아예 쳐다보지도 않았다. 자식이나 손주를 위해서는 "글쎄 제발 좋은 옷 좀 사서 입어"라며 몇십만 원이라도 주는 분이었다. 언젠가 내게 한 말이 생각난다.

"희선아. 제발 머리 염색 좀 해."

나는 말했다.

"엄마, 허리를 구부리기 힘들어서 염색 못 해."

엄마가 다시 말했다.

"미장원에 가서 해달라고 해. 내가 죽을 때까지 네 머리 염색 값을 대 줄게."

'왜 그렇게 흰머리에 신경을 쓸까?' 당시에는 이해하지 못했다. 그런데 J1 나이 마흔을 넘어 쉰을 향해 달려가고 J2가 벌써 서른을 넘은 지 한참이라 마흔을 바라보니, 내가 엄마의 마음이 되어 가슴이 아픈 것이다. 엄마의 마음이 바로 그런 거였다.

집 근처 누리꿈스퀘어 앞을 걷다 보면 연산홍, 진달래, 개나리, 호박나무, 매화나무들이 '어쩌냐? 저것들 다 정리해 줘야 하는데, 나라에 돈이 없어서 다듬어 주질 못하는구나' 휠체어를 타고 나와 자기들과 나라를 염려했던 엄마를 기억하라고 아우성을 친다. 그것들이 내 가슴을 시리게 한다. 허리가 변변치 못해 방문목욕을 신

청하자고 했을 때 엄마의 걱정스러운 표정, 그러고는 아무 연락도 없이 오지 않아 결국은 혼자 목욕하던 모습들이 줄줄이 딸려 나왔다. 별수 없이 마음을 다른 곳으로 돌리기 위해, 엄마, 어머니, 죽음을 키워드로 검색해 책들을 사들였다. 책을 읽는 동안 조금 거리를 두고 엄마를 생각할 수 있었다.

그렇게 1년이 되는 날 5월 31일에 맞춰 막심 고리끼의 소설 《어머니》를 다 읽었다. 엄마를 마음에서 떠나보내기로 했다. 이제 곧 5월이 되면 엄마가 죽고 2년이다. 그러나 2월이 되고 참빗나무를 보면 어김없이 그때의 엄마가 그려진다. 그날 우리가 함께 무엇을 했는지, 무슨 말을 했는지, 무슨 옷을 입고 있었는지까지, 그날 거의 전부가 생각난다. 동네 하나가, 집 안 구석구석이, 꽃과 나무들이, 나무 벤치들이, 세상에 존재하는 모든 것들은, 기억이 '살아 숨 쉬는' '인격'이었다. 그러니 허투루 없앨 수 없는 것이다. 만들어 내는 것도, 쳐내는 것도, 조심해야 한다. 한때 엄마를 잊고 싶어, 이사를 하고 싶다는 생각을 해보기도 했지만, 지금 나는 엄마를 기억하는 그것들이 사라지지 않기를 바라고 있다. 내가 이사를 해 이곳을 떠나도 그것들만큼은 사라지지 않기를 바란다. 2월의 참빗나무가 새순을 내보낼 때, 나는 언제나 살아 있던 엄마를 기억할 것이다.

엄마와의 밀월은 오래가지 않았다

엄마가 부산에서 올라온 것은 2015년 2월 하순 설 연휴가 끝난 후, 딱 이맘때다. 2007년 여름 아버지가 돌아가시고 엄마는 혼자 남았다. 혼자 지내겠다고 하셨다. 워낙 몸이 약하고 특히 다리 힘이 약해서 언제라도 쓰러질 것 같이 보이는 엄마를 혼자 놔둘 수 없었다. 5남매는 서울, 부산, 일산, 그리고 캐나다에 흩어져 살았고, 엄마는 83년 아버지의 퇴직 후 경기도 평택에서 이미 24년 넘게 살고 있었다. 부산 사는 큰 언니가 모시고 내려갔다. 그리고 그곳에서 8년을 지내셨다. 큰언니의 무릎 관절 상태가 심각했다. 엄마 생각을 하며 수술을 자꾸 미루는 것 같아 마음 아팠다. 나는 그때 마침 하던 일에서 은퇴한 상태였고, 게다가 나를 오랫동안 붙잡고 있던 통증이 잠시 물러나 회복된 줄 알았다. 언니가 인공관절 환치 수술을 하고 충분히 회복될 때까지 1년 정도는 내가 모시겠다고 했다. 내가 오랜 시간, 차를 탈 수가 없어 부산에 일이 있어 내려간 조카가 모시고 올라왔다.

다음 날 아침 식사 후, 남편과 나는 엄마를 모시고

아파트 마당으로 내려가 아파트 놀이터 자그마한 정자에 엄마를 앉혀 드리고 공원으로 가서 걸었다. 걷는 내내 마음이 불안했다. '혹시 엄마가 나를 기다리다 나를 찾아 나섰다가 길을 잃어버리면?' '그건 아니더라도 불안해한다면?' 별의별 생각이 다 났다. 낯선 동네, 혼자는 움직이지 못하는 엄마였다. 그래도 급한 마음을 가다듬으며 걷고 왔다. 허리가 아픈 내가 유일하게 할 수 있는 운동이 걷기였다. 엄마 곁에 왔을 때, 엄마는 엉거주춤한 자세로 놀이터 가장자리에 심겨 있는 참빗나무를 쓰다듬으며 "어유~ 이봐. 순이 돋았네. 이거 먹을 수 있는 거란다. 순을 따서 살짝 데쳐서 무치면 아주 맛있단다"라고 한 것이다.

"지루했어?"

"아니. 지나다니는 사람들 구경하느라 시간 가는 줄 몰랐어."

그때 엄마는 잔 체크라 마치 진한 회색 가까운 진한 밤색 단색처럼 보이는 모직 바지에, 위로는 아마도 큰언니가 샀을 쑥색에 가까운 연두색 모직 반코트를 입고 있었다. 목에는 잔기침을 막기 위해 알록달록한 자줏빛 스카프를 두르고 있었다. 그리고 손에는 지팡이를 들고 있었다.

엄마가 부산에 계신 동안에도 1년에 몇 번씩은 올라

오셨다. 명절이면 큰오빠가 모시고 올라왔고, 큰오빠 집에서 며칠 머무신 후에 우리 집에 오시면 또 며칠씩 계셨다. 부산과 서울을 오간다는 게 힘든 만큼 기왕에 오신 거, 보름에서 한 달 정도는 계시다 가시곤 했다. 오실 때마다 엄마의 모습과 삶이 바뀌어 있었다. 더구나 내가 많이 아파졌고, 부산에 내려가 보지도 못했고, 엄마 역시 움직이기 힘들어 올라오지 못했다. 대신 오빠가 부산으로 내려가 뵈었다. 3년이 거의 다 되어 가는 시점에 서울로 올라온 엄마는 너무 많이 달라져 있었다. 2년 반 전, 2012년이라면, 지팡이 없이 나와 팔을 잡고 매주 아파트에 서는 장에 갈 수 있었고, 나와 함께 홈플러스를 갈 수 있었고, 나와 점심을 먹으러 누리꿈스퀘어에도 느린 걸음이지만 함께 쉬엄쉬엄 쉬면서 걸어갈 수 있었다. 누리꿈스퀘어 지하의 식당에 가다가 엄마가 나를 얼마나 웃게 했는지 생생하다. 지금도 그 생각을 하면 웃음이 절로 난다.

엄마가 내게 물었다.

"희선아. 너 약혼한 데가 어디였지?"

내가 답했다.

"이따리아노"

지금은 사라진 경양식 집이었다. 그러자 엄마가 내게 다시 말했다.

"야. 여기에는 아메리카노가 있어."

'아메리카노'도 '이따리아노'도 같은 경양식 집인 줄 아셨던 거다. 얼마나 킥킥댔는지, 지금도 그때를 생각하면 웃음이 터져 나온다. 그때가 그립다. 1년에 한 번씩 그날이 되면 페이스북이 알려 준다. 그날은 슬픈 엄마가 아니라 재미있는 엄마를 기억하는 날이다.

엄마는 이미 아흔이 되어 있었다. 실내에서조차 워커(보행 보조기)를 붙잡고 걸어야 했다. 워커를 잡고 걷다가 어느새 스르르 주저앉는 일이 잦았다. 그럴 때면 양손으로 워커 아랫단을 힘겹게 붙잡고 부축을 받으며 힘들게 일어나야만 했다. 엄마의 두 팔과 다리가 부들부들 떨렸다. 넘어지기를 반복하면서도, 꼼짝하고 싶지 않아도 엄마는 움직였다. 한평생 성실하게만 살아온 엄마는 자식들 힘들지 않게 하기 위해 움직이고 또 움직였다. 그래도 처음 몇 달 밀월 같은 날들이 지나갔다. 휠체어를 샀고 남편이 엄마를 태운 휠체어를 밀고 아파트 둘레, 집에서 가까운 누리꿈스퀘어, 난지천공원과 평화공원을 돌았다. 처음 휠체어를 샀을 때 엄마는 짜증을 냈다.

"이걸 밀고 다니는 게 얼마나 힘들겠어? 괜히 쓸데없는 짓을 했어."

나도 짜증을 냈다.

"엄마는 도대체 왜 그래? 그럼 이것 없이 어떻게 다닐래? 집구석에만 있을래?"

엄마는 언제나 진다.

"미안해. 너희 힘들 것 같아 미안해서 그랬지."

딸도 아닌 사위가 미는 휠체어를 타며 처음에는 몹시도 불편해했다. 시간이 지나며 어느 정도 편히 여기다가도 또다시 불편해했다. 그래도 휠체어가 있어서 동네를 누비고 다녔다. 아산내과, 연세의원, 클린앤 피부과, 지앤미 치과, 하나은행, 농협은행, 상암순대국집, 오시오 청국장집, 무스쿠스를 갔고, 검은흑돼지집, 지금은 사라졌고 이름이 기억에 남지 않은 불고기집에도 갈 수 있었다. 엄마는 수박과 교촌치킨과 순대국을 제일 좋아했다.

5월에는 J1가족까지 더해 도시락을 싸서 난지천공원으로 소풍도 갔다. 그러나 엄마는 요양병원으로 가시겠다고 병원을 알아보라고 하셨다. 병원에 보내 드리고 싶지 않았지만, 장기적으로 봐서 그게 나을지도 몰라, 집에서 가까운 병원을 찾아가 보긴 했다. 병실에 자리가 없으며, 자리가 난다고 해도 7개월 이상은 안 된다고 했다. 남편과 내가 찾아간 곳은 재활병원이었다. 다시 집에서 가까운 병원을 찾아 일단 전화했다. 한 달 단위로 입원이 가능하다고 했다. 입원 기간으로 한 달을 채우지 못하면 병원비에 혜택이 없다는 뜻이었으나 나는 그 말을 이해하지 못했다. 한 달만 입원할 수 있다는 뜻으로 받아들였다. 그때만 해도 요양원, 요양병원, 재활병원의 차이를 몰랐고 운영 방침에 대해서도 알지 못했다. 엄마는 어쩔 수 없이 병원 생활을 단념했다.

화장실에서 엄마가 자주 넘어졌다. 문을 열면 엄마는 주저앉아 있거나, 뒤로 넘어져 세면대 아래쪽에 머리가 놓여 있거나 한 상태였다. 엄마 몸이 깃털처럼 가벼워 심하게 다치지는 않았다. 엄마를 일으켜 방으로 모신 후 냄새나는 엄마의 속옷을 벗겨 물휴지로 항문 주위를 닦아 내고 팬티를 갈아입히며, '엄마가 5남매 어릴 적 이렇게 했겠구나' 생각할 수 있었다. 엄마는 아기가 되었다. 변을 묻히고도 당당하게 웃었을 5남매와는 달리, 미안함과 부끄러움을 가득 안은 아기 말이다.

예전에 엄마는 드라마를 즐겨 보았다. 드라마를 잘 보지 않던 우리 식구들이 엄마한테 드라마의 지난 스토리를 들어가며 드라마에 빠져들었고, 엄마가 다시 부산으로 내려가신 후에도 그 드라마를 끝까지 보곤 했는데, 엄마는 이제 더 이상 드라마를 보지 않았다. 무슨 말들을 하는지도 모르겠고, 도무지 이해할 수도 없다고, 볼 만한 드라마가 없다고 하셨다. 드라마의 대사가 너무 빨라 들을 수 없었을 것이다. 들을 수도 없는데 빠르게 스쳐 지나가는 스크린 안의 등장인물들이 마뜩잖았을 것이다. 채널을 돌려 가며 뉴스와 음식 프로그램을 보셨다. 뉴스는 듣지 못하는 엄마에게 자막을 제공했고, 음식 프로그램은 엄마가 원래부터 잘 아는 영역으로 일일이 다 듣지 못해도 익숙했다. 소리를 키우시다가 우리 젊은것들이 싫어하는 것을 느끼셨을 것이다. "젊은 사람들은 텔레비전 소리 큰 거 아주 싫어해" 하시고는 소리를 줄이시다가 아예 소리를 죽이시고 보셨다. 나는 말리지 않았다. 텔레비전의 큰 소리가 힘들었다.

가엾은 아기가 되어 버린 엄마를 어떻게든 최선을 다해 잘 모시고 싶었고, 엄마 역시 거리가 먼 부산에 계실 때보다 서울에, 일산에 사는 오빠와 작은 언니가 비교적 자주 찾아올 수 있어서 좋아하는 눈치였다. 그러나 밀월은 오래가지 못했다. 어쩌면 회복될 수도 있기를 바란 통증이 점점 더 심해지기만 했다. 형제들이 찾아오는 것이 힘들어졌고, 엄마도 그걸 알고 있었다. 그뿐이 아니었다. 엄마가 우리 집에서 지내는 동안, 엄마가 가장 확실하게 기쁨을 누린 시간은 증손자, 그러니까 나의 첫 손자 H1이 올 때였다. H1이 오면 엄마는 흥분했다. 그런데 엄마에게 누구보다도 큰 웃음을 제공했던 H1이 아프기 시작했다. 새로 태어난 둘째 손자 H2가 태어나면서 앞서거니 뒤서거니 앞다투며 번갈아 아팠고 병원에 입원하기를 반복하더니, 결국 H1은 심장, H2는 청력의 문제로까지 발전한 것이다. 당사자인 H1, H2뿐 아니라 딸 J1과 사위, 나와 남편과 둘째 딸 J2와 엄마 모두에게 숨막히는 날들을 보내야 했다. 그러나 그중 특히나 엄마는 다른 식구들과는 또 다른 심정으로 그날들을 힘겹게 보냈으리라는 것을 나는 안다.

출산은 기쁨이었고, 슬픔이었고,
웃음과 눈물을 가지고 왔다

아픈 날들의 연속이었다. 한밤중에 카톡이 왔다. 사위 K가 보낸 카톡이었다.

✉

아버님 어머님께

아버님, 어머님.

2015년 겨울은 제게 무척이나 잔인한 시절로 남을 것 같습니다.

병치레 한번 없던 H1이 처음으로 폐렴으로 입원을 한 이후부터, 제 이름을 얻은 지 얼마 되지 않은 H2도 폐렴으로 고생을 했고, 지금껏 중이염으로 발열하고 있습니다.

건강한 줄로만 믿었던 H1이 큰 병을 앓고 있다는 사실을 뒤늦게 알게 되면서, 하늘을 원망하기도 했습니다.

이 어둡고 캄캄한 동굴 같은 시절을 아버님, 어머님께 의지하면서 근근이 버티고 있습니다.

편치 않으신 어머님이 버티기 쉬운 무게가 아닌 줄 잘 알면서도 얼굴 두껍게도, 그렇게 체중을 실어 기대고 있습니다.

아마 당장 지난밤에도 귀가 아픈 H₂를, 어르고 달래느라 편히 눕지도 못하셨겠지요.

행여나 새끼가 죽으면 어쩌나 했던 공포가 사그라든 후에서야 두 분께 기대고 있는, 제 무게가 얼마나 무거울지 떠올랐습니다.

늦어 죄송합니다.

하지만 사는 동안 요즘처럼 캄캄한 시절은 또 올 테고, 그때도 분명히 지금처럼 또 기대어 버틸 것 같아 미리 사죄드립니다. 다만 그 하중을 조금이라도 줄이고 싶습니다.

청소나 빨래는 제게 맡겨 두셨으면 좋겠습니다.

어머님, 건강하셔야 합니다.

앞으로 사흘 후, 새로운 해가 떠오르면 얼어붙었던 땅이 녹아 새싹을 틔우는 것처럼, 다시 밝아지겠죠.

- K 올림

그랬다. 2015년은 나와 엄마, 남편과 딸들과 사위, 그리고 두 손자 모두에게 힘들었다. 한겨울이 되자, 힘든 정도를 넘어 잔인해졌다. 둘째 손자, H₂의 출산 예정

86

일이 다가오고 있었다. 딸은 출산을 위해 곧 병원에 갈 것을 대비해 H1을 준비시켰다.

"엄마 뱃속에 네 동생, H2가 들어 있어. 그 동생이 엄마 뱃속에서 다 자라면 밖으로 나와야 해. 그러려면 엄마가 아기를 낳으러 병원에 가야 하거든. 그때 우리 H1은 놀라지 말고 엄마를 기다려야 해. 그러면 엄마가 네 동생 H2를 데리고 올 거야. 알았지!"

무슨 뜻인지 이해할 수 없는 그 말에 왠지 불안을 느끼고 있었을 것이다.

H1이 어느 날 아침 일어나 보니 엄마가 없었다. 아빠도 없고 할머니와 이모가 있었다. 엄마를 찾으며 울었다. 할머니가 꼭 안아 주는데 왠지 마음이 불안했다. 얼마 전부터 엄마가 보냈던, 알 수 없는 신호를 생각했을 것이다. 쉬지 않고 울었다. 아주 서럽게 울었다. 단지 눈앞에 엄마가 보이지 않아서 우는 것 같지 않았다. 여느 때라면 금세 그치고 이모와 할머니와 놀았을 것이다. 이번에는 완전히 달랐다. 그렇게 슬프게 울 수가 없을 정도로, 보는 사람 마음이 미어질 것 같이 울었다. 엄마를 잃을 것 같은 막연한 불안을 느끼고 있는 듯했다. 거의 두 시간이 지나도록 울음을 그치지 않아 '저러다가 아프지나 않을까?' 걱정스러울 정도였다.

그러던 H1이 갑자기 울음을 그쳤다. 창가에 서서

밖을 내다보며 생각에 잠겼다. 그런 자세로 어린것이 40분 이상을 서 있었다. 그러더니 마침내 무슨 결단이라도 했는지, "할머니~" 하며 내 품에 안겼고 그때부터 놀기 시작했다. 웃음기가 없이 노는 것이 더 가슴 아팠다. H1은 더 어릴 적부터 아주 섬세했다. 그 나이에 어울리지 않을 정도로 다양한 언어를 사용했다. 감정도 풍부했다. 그런 H1이 '엄마가 했던 말, 그 뭔가 불안했던 느낌을 가져다준 암시와도 같았던 말들의 의미를 이해하려고 그렇게 오래 생각에 잠겨 서 있었던 것은 아닐까?' '불안하지만 엄마는 올 것이다. 동생하고 같이 올 것이다. 불안해하지 말자. 할머니도 있으니까' 그랬을지 모른다.

그날 12시가 되었다. 제 식탁 의자에 앉아 밥을 먹으려 하는데 영상전화가 왔다. 아빠였다.

"H1~ 아빠야. 엄마 아빠 없어서 놀랐어? 엄마가 병원에 왔고, 동생, H2를 낳았어. 엄마랑 통화해~"

엄마 얼굴이 H1 눈에 들어왔다. 반가워할 줄 알았는데 H1은 눈을 피했다. 울지도 않고, 보고 싶다고 하지도 않고, 어서 오라고도 하지 않았다. 엄마 J1 역시 눈물만 그렁할 뿐이었다. 말을 하려고 했지만, 입만 비뚤어지고 씰룩거리다가 아무 말도 잇지 못했다. 엄마와 아들은 그렇게 눈도 마주치지 못하고, 아무 소리도 입 밖으로 내보내지 못하고 통화를 끝냈다. 그 광경을 보고 있던 우리 모두의 입술이 일그러졌다. 아무래도 엄마가 돌아오리라는 확신을 하지 못하나 보다 싶어 마음이 아프기만 했다.

다음 날 아침 일찍 아빠 K가 H1을 데리고 병원으로 갔다. 전화가 왔다. 아빠한테 안긴 H1이 전화 화면에 보였다. 엄마 J1도 곁에 있다. J1의 몸이 퉁퉁 부어 있고 색은 푸르둥둥했다. J1 나이 이미 서른여섯 살이었고 H1과 고작 2년 차로 H2를 낳은 것이다. 게다가 친정엄마인 내가 아팠고, 나의 엄마 외할머니가 계셨으니 친정엄마의 보살핌을 전혀 받을 수 없었다. 그러다 보니 체력이 떨어져 있었고 힘을 주지 못해, 간호사들이 양쪽에서 배를 누르며 출산하는 과정에서 붓고 멍이 들었다고 했다. '불쌍한 것들!'

H2의 출산은 그야말로 감사했다. 고생했지만 순산이기도 했다. 웃음은 눈물과 한 짝인 것 같았다. 기쁨과 슬픔이 한 짝이라고 생각했다. 3일 만에 J1과 H2가 병원에서 돌아왔다. 엄마는 H2를 보자마자, "잘~ 생겼어. H1보다 남자다울 거야. 장군감이야" 하며 어쩔 줄 모르고 좋아하셨다. 워낙 아기들을 좋아하셨고 손주들이 아주 어릴 때, 사족을 쓰지 못하고 예뻐하셨다. 손주들이 다

자라고 아기들이 없다가 생기니 흥분하신 채로 H2 손을
잡고 흔들어 대곤 하셨다. 그런 기쁨은 보름도 가지 못
했다.

모두가 아팠다.

"너 힘들었지. 나도 힘들었어."

독차지했던 엄마의 사랑이 나뉘게 되어 H1의 마음
이 아팠는지, 혹은 엄마 사랑을 더 받으려 했는지 엄마
가 퇴원해 동생과 집에 돌아와 며칠이 안 됐을 때, H1이
입원했다. 폐렴이었다. 입주 산후도우미 이모에게 신생
아 H2를 맡기고 아직도 몸이 푸석푸석, 푸르둥둥한 엄
마 J1과 H1은 병원에서의 애틋한 일주일을 보낼 수 있
었다. 피를 뽑고 주사를 맞아야 하고 약을 먹는 일이 처
음에는 힘들었지만, 이해가 빠른 H1은 간호사와 의사
선생님들과 곧 친해졌다. 피를 뽑는 것도 주사를 맞는
것도 잘 해냈다.

병원이라서 오히려 엄마를 독차지할 수 있었던 H1
은 다시 일주일간 엄마와의 시간을 누릴 수 있었다. 이
번에는 동생 H2가 폐렴에 걸렸기 때문이다. 아직 한 달
이 안 된 신생아라 인큐베이터에 있어야 했으므로 또다
시 엄마 J1을 차지할 수 있게 된 것이다. 일주일이 지나
H2가 퇴원했다.

일은 이것으로 끝나지 않았다. 순둥순둥한 H2가 밤

새 울음을 멈추지 않고 칭얼거리더니 몸이 불덩어리처럼 뜨거워졌다. 이번엔 중이염이었다. 출산 겨우 한 달을 넘긴 J1이 이번에는 H2를 데리고 병원에 가 있어야만 했다. H2가 생후 한 달이 넘었기 때문에 더는 인큐베이터에 있을 수 없었다. 꼼짝없이 J1은 H2와 함께 있어야 했다. 그렇게 H1은 또 엄마와 떨어졌고, J1의 퉁퉁 부은 몸도 가라앉을 수가 없었다. 그래도 시간이 지나자 퇴원할 수 있었다.

퇴원하고 일주일이 지나 H2가 다시 병원에 가야 했다. 중이염이 완치됐는지 확인하기 위해서였다. 나와 남편이 H2가 진찰받는 동안, H1을 봐주기 위해 같은 시각에 병원에 갔다. H1의 얼굴이 부어 있었고 기운도 없어 보였다. 생각해 보니 H2가 입원해 있는 동안, H1이 우리 집에 와 있을 때도 기운이 없었다. 밖에 나가자고 해도 나가지 않으려 했고, 겨우 데리고 나갔더니 자꾸 주저앉으려고 했다. 걱정스러웠다. J2가 진료실에서 나왔다.

"엄마 아빠. H2가 아직은 깨끗하게 낫지 않았대. 다음에 다시 와야 한대. 약 처방받아야 해. H1도 봐주시겠대."

폐렴으로 입원했을 때부터 H1을 알게 된 의사가 선처해 준 것이다. 사실 대학병원에서 거의 없는 일이다.

얼마나 고마웠는지 모른다. H1을 J1에게 건네주고 H2를 받아 안았다. 진료실에 H1을 데리고 들어갔다 나오는 딸의 얼굴이 겁에 질려 있었다.

"엄마랑 아빠가 H2를 데리고 집에 가줘. H1이 아프대. 당장 검사해야 한대. 심장 기능이 40프로밖에 안 된대."

마른하늘에 날벼락이 떨어지는 것 같았다. J1이 H1을 안은 채, 검사를 위해 종종거리며 멀어지는 것을 보고 J1 집으로 갔다. 심근내막염이라고 했다. 링거를 꽂고 검사를 하는 동안 H1은 놀라 울기도 하고, 정신을 잃기도 했다. 아이를 중환자실로 옮겨야 할 수도 있으며 결과도 장담할 수 없다고 했다. '그 어린 것을 중환자실에 둔다니' 무서웠다. 진단에 근거해 치료를 시작했지만 효과는커녕 상태가 나빠지는 것만 같았다.

아이가 정신을 잃더니 깨어나질 않았다. 흔들어 대도 깨어나질 않았다. 한참 만에 아이가 겨우 깨어났다. 그러나 심박수 200을 넘겼다. 부정맥일지도 모른다고 했다. 소아부정맥 전문가가 있는 S 병원으로 연락했다. J1과 사위 K가 병원 앰뷸런스를 탔다. 인턴 한 분이 함께했다. 한 치 앞을 내다볼 수 없는 상황이었다. 병원을 옮겨 처음부터 모든 검사를 다시 하는 동안 아이는 자지러지기를 반복했다. 또 정신을 잃어버릴까? 두려웠다.

며칠이 지나 부정맥으로 진단을 확정했다. M 병원이 아니었으면 아이는 아픈 줄도 모른 채 갑자기 변을 당했을지도 모른다.

그러나 오진이었다. 다른 가능성을 두고 절차를 단축해 S 병원으로 보내 줬다. 며칠 사이로 이 모든 일을 겪었다. 창원에 계신 사돈어른들이 올라오셨다. 안 사돈이 서울에 남아 나와 교대를 하며 H2를 돌봐야 했다. J1은 병원에서 쪽잠조차 잘 수 없었고, 사위 K는 월차를 내고 병원과 집을 오갔다. H1의 이모와 고모가 같은 마음으로 아파했다. 나의 엄마, 그리고 모두가 함께 울었다. 같은 마음으로 함께 울 사람들이 많아서 견딜 수 있는 날들이었다.

H1의 맥박이 잘 잡히지 않았다. 정맥주사를 맞아야 했다. 며칠이 지나서야 겨우 H1에게 맞는 약을 찾을 수 있었다. 그동안 놀란 H1은 약을 보면 난리를 쳤다. 다 흘리거나 토해 냈다. 어른 몇 명이 달라붙어도 소용없었다. H1은 결코 강제로 되는 아이가 아니었다. 끈질기게 설명을 해줘야 했다. 이해하는지 그렇지 못한지 모르면서도 J1은 아들 H1에게 "너는 아프다. 약을 먹으면 낫는다. 그렇지 못하면 병원에서 나갈 수 없다. 어서 약을 먹고 빨리 나아서 집으로 가자" 설명하고, 설명하고,

또 설명했다. 어느 순간 이해했는지, 순순히 약을 받아 먹기 시작했다. 가슴과 팔과 다리에 빨간불이 깜박깜박 들어오는 줄 여러 개를 매단 채 작은 침대 안에 갇혀 만 12일을 지냈다. M 병원에서 그랬던 것처럼, "내 방에 가고 싶어~"라고 했다. 그 소리 듣고 병원에서 나와, H2를 안고 집으로 돌아가 H1의 방을 들여다보면 눈물이 쏟아졌다. 맥박수가 안정되고, 약을 순순히 받아먹게 되면서 12일 만에 퇴원할 수 있었다.

H1은 퇴원해 집에 오자마자 정말 제 방으로 들어갔다. 그날 저녁에는 케이크에 촛불을 켜고 퇴원 축하 파티를 할 수 있었다. 물론 그 뒤로도 응급실을 몇 번 갔고 또다시 입원도 해야 했지만, H1은 그때마다 병원 생활을 의젓하게 해냈다. 계속 먹어야 하는 약도 잘 먹어 주고 있었다. 그렇게 H1이 아픔을 겪었던 기간 내내 엄마는 우리 모두와 같이 J1 집에 함께 있었다. "이제 그동안 평생 아플 것 다 아팠으니 이제 병은 뚝 떨어져라"라고 엄마가 H1을 바라보며 울먹이면서 말했다.

H1이 퇴원하고 나와 남편, J2와 엄마 네 식구가 상암동 집으로 돌아올 수 있었다. H2의 탄생부터 시작해 H1이 퇴원하는 날까지, 실로 꼬박 석 달이 그런 식으로 흘러갔다. 집으로 돌아와 차에서 내려 워커를 의지해 걸으면서 엄마가 한 말이 내 가슴을 저몄다. "너 힘들었지.

나도 힘들었어." 한 줄밖에 안 되는 짧은 말 속에 엄마의 모든 어려움이 얼마나 깊었을지 나는 알 것 같았다. 바늘방석에 앉아 있는 것같이 그 시간을 보냈으리라는 것을. 엄마는 소녀같이 섬세한 사람이었다. 1월이 시작되고 있었다.

집으로 돌아온 나는 매우 허약해져 있었다. 캐나다에서 엄마를 보러 나온 오빠는 나와 엄마 모두를 위해 엄마가 요양원으로 들어가시는 것을 고려해야 한다고 권했다. 엄마는 "너 정신 차려. 네 몸을 돌봐야 해" 하고 요양원으로 들어가시겠다고 결심하셨다. 엄마와 나, 둘 다 그 결심을 여러 번 번복하고 결국은 내게 오신 지 1년이 되었을 때, 요양원으로 가셨다. 그 후로 H2는 청력을 잃었고, 불안한 1년을 견뎌 냈으며 마침내는 청력을 되찾았다.

그리고 3년이 지나 다시 1월이 시작되고 있던 날 새벽 2시에 나는 다시 사위 K로부터 전화를 받았다. J1이 심하게 아파 구급차로 병원에 간다는 것이었다. 나와 남편, 그리고 J2가 총출동해 J1 집에 도착했을 때 H1과 H2는 자고 있었다. J1의 병명은 장폐색이었다. 그리고 바로 며칠 뒤에는 큰오빠로부터 전화를 받았다. 엄마가 위독하다는 소식이었다. 엄마의 병명은 신우염이었다. J1은 수술 없이 치료해 보려 했지만, 결국 수술을 하고

21일 만에 퇴원했다. 엄마는 세 번째 찾아온 신우염을 이겨 내지 못했다. 그로부터 4개월 후에 우리 곁을 떠났다. 엄마와 울고 웃으며 함께 잔인한 해를 보낸 엄마의 손녀 J1, 증손자 H1, H2와 손주사위 K는 힘든 시기를 이겨 내고 엄마의 장례식에 참석했다.

사람은 무엇으로 구원을 얻는가?

절에 다니기 시작하며 불심에 성실했던 엄마에게 사랑하는 큰아들이 오랫동안 전도했다. 할머니가 돌아가시고 엄마와 아버지도 이 세상에 있을 날이 많지 않음을 느끼시면서 큰아들의 전도를 받아들였다. 엄마는 뭘 해도 성실하게 하는 분이었다. 예수를 믿겠다고 결심하자, 바로 성경을 읽기 시작했다. 책을 좋아하시는 엄마는 큰아들이 갖고 오는 간증집은 다 읽었다. 십일조, 장학헌금, 감사헌금 등 최선을 다해 헌금했고, 아침과 저녁으로 '관세음보살'을 찾던 시간이면 사도신경, 주기도문을 외우시고 나라와 가정을 위해 기도를 쉬지 않았다. 그야말로 성실한 기독교 신자였다.

장례는 당연히 기독교식으로 진행되었다. 위로 예배와 발인예배가 있었고 나와 가족들 모두가 위로의 말을 들었다. 기독교식으로 진행되는 장례식이라면 언제라도 듣게 되는 그 내용은 변하는 법이 없다. '고인이 예수를 믿었으니 구원받았다. 천국에 갔다. 너무 슬퍼 말고, 우리도 예수 믿고 그곳 천국에 가서 만나자'는 위로의 말이다. 그때마다 나는 궁금해진다. '예수를 믿는다는 것은, 어떤 것인가?', '과연 신은 그가 예수를 믿었다고 인정할 것인가? 그걸 우리가 어떻게 알 수 있는가?', '천국은 어떤 곳인가?' 나는 성경의 예수가 보여 주신 행위들을 읽으며, 이 땅 위에 세워져야 할 하나님의 나라가 어떤 것일지 상상할 수 있지만, 죽은 후 가게 된다는 천국은 과연 어떤 곳일지, 또 있기는 한 것인지 잘 모르겠다. 죽은 사람이 당장 어떻게 될 것인지에 대해서도 알 수가 없다.

　나는 엄마가 정말 어떤 사람들이 있다고 말하는 그 좋은 곳에, 가 있기를 바란다. 나중에 나도 그곳에 가서 엄마를 만날 수 있기를 바란다. 그러나 나는 알지 못한다. 그리스도에 대한 엄마의 믿음이 어떤 것인지, 엄마의 그 믿음을 신이 어떻게 평가하실지 나는 알지 못한다. 다른 사람도 모를 일이다. 엄마 자신도 잘 모르겠다고 했다. 하나님을, 예수님을 잘 모르겠다고 했다. 어떻게 믿어야 하는지도 잘 모르겠다고 했다. 그러나 엄마가 신에 의해 받아들여진다면, 나는 그 이유가 엄마의 흔들림 때문이라고 생각한다. 엄마는 언제라도 다른 사람들의 말에 흔들렸다. 그래서 힘들게 살았다.

　세상에 완전한 사람은 없다. 신을 대면해 잘못된 생

각을 흔들어 털어 내고 교정할 수 있다고 나는 생각한
다. 지나친 확신, 흔들릴 줄 모르는 믿음이 있다면 그는
신을 만날 수 있을까? 신의 말을 들을 수 있을까? 잘못
된 믿음을 수정할 수 있을까? 신에 대한 나의 인식은 지
속해서 바뀌어 왔으며 여전히 바뀔 것이다. 신은 내가
다 알 수 있는 존재가 아니다. 나는 흔들리며 신을 겨우
조금씩 알아가고 있고, 신은 사람들이 하는 서로 다른
이야기에 흔들리는 엄마를 구원하실 것으로 기대한다.

외할아버지는 엄마에게
사진 한 장을 남겼고

엄마는 일제강점기였던 1925년 음력 10월 25년 황해도 백천에서 안선생 댁 둘째 딸로 태어났다. 본은 순흥 안씨, 이름은 안숙자다. 그 이름이 싫어 다른 이름 안정수로 고쳤다. 호적까지 고치지는 않았다. 결혼과 동시에 이름 대신 아무개 댁 며느리, 아무개 엄마, 아무개 집사람으로 불렸을 것이다. 자식들이 커 가면서 학교에 가정환경조사서를 쓰게 되면서 도로 안숙자가 되었다. 나는 엄마의 정수라는 중성적인 이름이 좋았지만, 내가 지금 입고 있는, 엄마 옷에도 검은색 매직펜으로 쓴 '안숙자' 세 글자가 박혀 있다.

엄마에게는 아버지에 대한 기억이 전혀 없다. 내게는 외할아버지 말이다. 달리는 기차에서 발을 헛디뎌 열차 밖으로 떨어져 즉사하셨다. 당시 외할아버지 나이 스물아홉 살, 외할머니 나이 서른한 살이었다. 엄마 생후 보름이 된 날이었다. 엄마가 외할머니로부터 전해 들은 말에 의하면 외할아버지가 첩의 집에 가는 길이었다. 잠이 들었다가 기차 경적에 놀라 눈을 떴다. 내려야 할 역이었고, 이미 기차가 출발하려고 했다. 급히 뛰어내렸고, 발을 헛디뎠다. 엄마는 내게 한두 번 말했다.

"아버지가 있는 아이들을 보면 그렇게 부러울 수가 없었어. 나도 누군가를 향해 '아버지~' 하고 불러 보고 싶었단다."

엄마에게는 외할아버지를 대신하는 흔적 둘이 있었다. 예민해 보이고 호리호리하고 멋있는, 양복을 단정하게 입은 학자풍의 남자 사진 한 장이 그중 하나다. 외할머니가 평생 간직하셨고 이어서 엄마가 다시 그 사진을 간직하셨다. 우리 5남매가 다 보았고 지금도 남아 있다. 또 하나는 외할아버지가 외할머니에게 써 보냈던 긴 두루마리 편지다. 외할머니가 엄마에게 보여 줬다는, 붓으로 쓴 그 두루마리 편지는 남아 있지 않다. 거기에는 흘려 쓴 글자들이 가득했고, 게다가 한자가 많아서 엄마는 제대로 읽을 수는 없었다. 그래도 외할머니가 들려준 내용은 기억한다. 그동안 바람을 피워 정말 미안하다는 것, 다시는 그런 일로 외할머니 마음을 아프게 하지 않겠다는 것이다. 그렇게 용서와 다짐을 구하는 편지는 엄마가 태어나기 며칠 전에 써 준 것이다. 그런 편지를 건네고도 첩의 집에 가다가 죽음에 이르게 된 것은 그야말로 유감이지만, 그 편지 한 장이 외할머니를 그나마 위로했을 테고, 엄마에게는 아버지 없는 설움을 조금이나마, 아니 전혀 없는 것과는 천지 차이로 덜어 줬을 것이다.

어쩌면 실제의 외할아버지와 달라 보이게 할 수도 있는 그 사진 한 장과 흘려 썼기에 엄마는 읽을 수가 없었다는 붓으로 쓴 두루마리 편지 하나를 남겨 준 외할아버지와 할머니께 감사해야겠다. 그 당시에 사람을 사진으로 남기는 기술이 있었다는 사실도 감사하다.

나는 사진을 많이 찍는다. 거의 실시간으로 음식, 꽃과 나무를. 한동안 셀프사진도 많이 찍었다. 인스타그램과 페이스북에 수도 없이 올렸고 지금도 그렇다. 다만 보기 싫어지는 내 얼굴 사진을 올리는 일은 요즘 드물다. 잘 나온 것만 올린다.

2019년 5월 31일 엄마가 돌아가시기 전까지, 엄마를 기억하기 위해 엄마의 사진을 엄마 '몰래' 찍었다. 엄마의 얼굴은 쭈글쭈글해졌고, 하얗기만 했던 피부색은 확실히 칙칙해졌다. 그런 얼굴이 찍히는 걸 좋아할 리 없었다. 싫어할 것이 틀림없었다. 지금 그 사진들을 보면 엄마가 심적으로 혹은 신체적으로 겪었을 아픔들이 전해진다. 그 사진들은 외할아버지의 그것과는 달리 생생한 기억을 담은 사진이기에 그렇다. '엄마가 가장 마음이 어려웠을지도 모를 그 시기에 괜히 모셔왔나 봐. 그 기억이 너무 아프잖아' 할 때가 있다. 엄마는 아버지 가 돌아가시자 사진들 대부분을 태웠다. '나중에 너희들 이 건사하기 귀찮을 것 같아서'라고 했다. 그 이전에 내 가 간직하고 싶어 미리 가져온 사진들이 내게 남아 있을 뿐이다. 그 사진들 속에서는 젊은 엄마가 활짝 웃고 있 어서 다행이다. 나이가 들어 가며 미워지는 모습일지라 도 활짝 웃는 얼굴들을 찍어 둬야겠다. 사진을 인화하는 일들이 없어졌지만, 인스타그램과 페이스북은 나중에 내 무덤이 될 것이고, 그곳에서 내 웃는 얼굴을 내 자식 들은 보게 될 것이다. 우리 아이들은 사진 기술이 아닌 SNS의 위력에 감사하고 있을지도 모를 일이다.

페이스북을 여니 알림이 있다. '과거의 오늘'이 엄 마 손 사진을 보여 준다. 2년 전 큰딸 J1은 병원에서 장 폐색으로 입원해 치료하다가 결국은 장 일부를 잘라 내 는 수술을 했다. 하필 그날 엄마는 엄마가 머물렀던 마 지막 병원, 가락실버사랑의원으로 옮겼다. J1이 수술하 는 동안 나는 수술실 밖에서 대기하다가 오빠의 전화를 받았다. 엄마가 세 번째 신우염에 걸리셨으며, 더 이상 을 버티기 힘드실 거라, 요양병원으로 입원하신다고. 딸 이 수술실에서 나와 의식을 회복하자, 손자 H1, H2를 보러 가야 했기에 나는 그다음 날에야 엄마가 있는 병원에 갔다. 엄마는 잠든 것같이 한참을 눈을 감고 있었고, 어쩌다 눈을 떴다가도 이내 다시 눈을 감았다. 엄마 얼굴에 입을 맞췄고, 엄마 손을 만졌다. 그리고 핸드폰을 꺼내 엄마의 자그맣고 일그러진 얼굴과, 투명하리만큼 가죽이 얇아지고 보랏빛 핏줄이 비치는 엄마의 보드라운 손을 찍었고, 훗날 나의 무덤이 될 페이스북에 올린 것이다. 나의 페이스북은 엄마의 무덤이기도 하다.

엄마 손

당시 어떤 엄마들도 그랬겠지만 여덟 식구 살림살이에 엄마 손은 늘 차고 붉고 젖어 있었다. 한밤이 되어 일을 끝내고 엄마 손에 온기가 돌아왔다. 엄마는 온기가 돌아온 손으로 나의 찬 손과 발을 녹여 주었다. 엄마 손가락은 가느다랗지만, 손가락 마디는 꽤 굵었다. 엄마가 쉬는 걸 거의 보지 못했다. 새벽에 일어나 새벽밥을 하면서 도시락을 싸 놓고 아침상을 차렸다. 보통은 7시도 안 되어 여덟 식구가 밥상에 둘러앉았다.

부엌에는 아궁이가 두 개 이상이었다. 연탄 아궁이에 놓인 솥에서 밥과 국이 만들어졌다. 그때는 가마솥도 있었다. 반질반질하게 길들은 시멘트 아궁이는 나중에는 시멘트 위에 타일을 입힌 부뚜막과 아궁이로 바뀌었다. 아궁이로 모자랄 때 쓰는 연탄곤로도 있었다. 연탄곤로는 후에 석유곤로로 대체되었고 더 나중에는 프로판 가스에 밀려났지만 그것들로 밥과 반찬을 만드는 사람은 늘 엄마였다. 심지어 나이 아흔을 바라볼 때까지, 아버지가 돌아가시고 혼자가 되시기까지, 그러니까,

여든세 살까지 우리 형제들에게 손수 음식을 만들어 먹였다.

엄마가 만든 김치는 그 빛이 아주 맑았고 맛이 시원했다. 고춧가루를 많이 넣지 않았다. 무를 크게 썰어 배추 사이사이에 박았다. 그 시원한 맛을 생각하면 아직도 혀끝에서 느낄 수 있고, 침샘을 거쳐 귀로 머리로 자극이 전해진다. 엄마를 도와주던 할머니가 세상을 뜨실 때까지 무려 80세가 될 때까지 김치를 만들어 5남매에게 퍼 주셨다. 깍두기며 보쌈김치(보쌈김치는 어느 정도 살림이 이전보다는 넉넉해졌을 때부터 만들었다)가 다 일품이었고, 나박김치, 동치미, 심지어 호박김치까지 무엇 하나 빠지지 않는 맛이었다. 콩나물, 시금치, 비듬나물, 피마자 잎파리, 원추리, 질경이, 고춧잎무침, 무말랭이무침이 있었고, 무생채, 오이냉채, 미역냉채, 해파리냉채에, 철 따라 미숫가루, 콩국수, 마늘이나 고추, 양파 등으로 만든 각종 장아찌, 오이지, 비지찌개, 김치찌개, 된장찌개, 동태찌개가, 미역국, 된장국, 아욱국, 두부김칫국… 소고기무국, 소고기당면국, 고기는 올라오지 못했지만 꽁치와 임연수, 청어, 도루묵, 가자미, 빨간고기가 올라왔고 갈치와 굴비도 올라왔다.

그때 굴비는 요즘 것과 완전히 달랐다. 말하자면 비싼 요즈음 보리굴비 같았다. 살과 알이 단단했고 나는

그 단단하게 구워진 알을 참 좋아했다. 내가 싫어해 입
에도 대지 않았던 콩죽, 새우젓 들어간 채소볶음도 있
었다. 공일이 되면 특별식으로 칼국수를 직접 밀거나 수
제비 반죽을 해서 연탄이나 석유곤로나 아주 큰 솥을 올
려놓고 끓여 주었다. 그럴 때면 엄마는 땀을 줄줄 흘려
야 했다. 아버지는 고추장 비빔국수와 양념한 김치를 얹
어 먹는 비빔국수를 좋아했고, 엄마는 자주 고추장 비빔
국수와 김치국수도 만들었다. 살림이 넉넉한 적은 없었
지만 그래도 괜찮게 살게 되면서부터는 명절마다 '모찌'
라 불렀던 찹쌀떡, 강정, 오꼬시, 약과도 만들었다. 함박
스테이크, 양장피, 잡탕 등등도 집에서 만들어 줬다. 엄
마는 음식에 그야말로 정성을 담았다. '엄마는 도대체
어디서 그 다양한 음식들을 배우고 만들었을까?' 외식
할 형편은 안 되고, 어떻게든지 자식들 먹여 보려고 뭐
든 배우고 실행에 옮긴 것이다. 도시락 반찬 사건 하나
가 생각난다. 그 사건을 생각하면 아직도 가슴이 저려
온다.

　엄마의 반찬 중 특별히 가리는 것들을 제외하고 엄
마의 모든 반찬이 맛있었다. 4학년이 되면서 도시락을
싸 가기 시작했다. 다른 친구들의 도시락들과 비교가 되
었다. 당시에도 스팸이 있었고 스팸과 달걀후라이를 동
시에 싸 오는 친구들이 있었다. 고기를 싸 오는 친구들

108

도 있었다. 어느 날이었다. 당연히 맛이 있지만 늘 뻔한 도시락에 '맨날 똑같다' 화를 내며 도시락을 가져가지 않았다. 그날 도시락 반찬은 덴뿌라 볶음이었고 유리병에는 시원한 김장 무김치가 담겨 있었다(이 유리병은 곧잘 새서 도시락을 싼 손수건에 붉은 얼룩을 남겼고 가방에는 곧잘 김치 냄새가 배기도 했다). 덴뿌라 볶음은 도시락 안 한쪽에 담겨 있었다. 두고두고 그날을 후회했다. '그날 엄마 마음이 얼마나 아팠을까?' 당시 나보다 가슴 아팠을 엄마를 생각할 때면 그때마다 아팠다. 아니 해를 거듭할수록 더 아팠다.

여덟 식구의 옷을 손으로 빨아 내고(내가 대학생이 되었을 때, 아버지가 세탁기를 사들였다. 냉장고를 사들인 것도 세탁기를 산 것도 아버지였다), 아침마다 남편의 와이셔츠, 아이들의 단벌 교복들을 손질해 다려 입히고, 도시락을 쌌다. 큰오빠가 대학교 2학년일 때 내가 국민학교 2학년이었고 내가 대학을 다니면서도 도시락을 싸 가곤 했으니까 엄마는 25년 이상 도시락을 쌌을 테고 그중 10년 이상은 도시락 4개씩 쌌을 것이다. 잠시도 쉴 틈이 없어서 그 마디가 툭 튀어나왔던 엄마의 손이 이제는 하얗고 보드랍다. 말갛게 비칠 정도로 투명하다. 그래서 몹시 가느다래진 보라색 핏줄이 다 들여다보인다. 그 보랏빛 핏줄은 피검사 자체가 안 될 지경으로 가늘어져 있었다.

얇아진 가죽이 이리저리 밀렸다. 추운 겨울 마당에 묻어 놓은 김장독에서 딸에게 주려고 살얼음 지는 김치를 한 포기씩 꺼내고 난 다음 다시 남은 김치를 누르던 엄마 손, 김칫국물에 물든 엄마 손이 안쓰럽고, 하얗고 보드랍고 투명한 엄마 손도 다같이 안쓰럽다. 얼마 전, "일을 그만두니까 내 손도 고와졌지?" 하고 웃던 엄마 얼굴이 떠오른다. '어떻게 그렇게 가녀린 몸으로 그렇게 지치지 않고 수고하면서 살아올 수 있었을까?' 나라면 절대 그럴 수 없을 것만 같다. 핸드폰 안의 나의 무덤, 엄마의 무덤인 페이스북에 묻혀 있는, 엄마의 손과 조막만 한 이빨이 다 빠지고 입술이 안으로 밀려 들어간 엄마의 얼굴에 입을 맞췄다. 엄마 손은 전체공개로 묻혀 있고, 이빨이 다 빠지고 입술이 안으로 밀려 들어간 엄마의 얼굴은 '나만 보기' 상태로 묻혀 있다.

엄마의 집, 아현동 집

굴레방다리에서 아현시장 골목을 지나 어느 정도? 아마 10분 정도였을까? 걷고 나면 오른쪽으로 오르막 시멘트 계단이 30미터쯤 이어진다. 그 계단 어디쯤인가 오른쪽으로 대문 하나가 있다. 대문을 열고 들어서면 5미터 정도 좁고 긴 길이 이어진다. 왼쪽으로는 시멘트 벽이고 그 끝에 냄새나는 재래식 변소가 있다. 오른쪽 옆으로는 화단이 있다. 붉은색, 노란색, 주황색 꽃을 활짝 피운 채송화가 있다. 통통한 연초록 줄기들이 살아 움직인다. 분홍 분꽃, 분홍 보라 파란빛을 한 나팔꽃, 자줏빛 맨드라미, 빨간 글라디올러스들도 철을 따라 피고 진다. 반으로 가른 대나무 토막들이 화단의 경계를 정하고 있다.

화단이 끝나는 곳에 방 하나 부엌 하나로 된 독채가 있다. 한일관에 다니던 아저씨와 부인, 딸 아기가 세 들어 사는 집이다. 그 왼쪽으로는 역시나 시멘트로 된 회색 마당이 있다. 마당 왼쪽으로는 마루를 사이에 두고 양쪽에 각각 방 하나씩 있는 집이 있다. 그 오른쪽 방 벽에 90도 각도로 또 부엌이 붙어 있고, 또 그 부엌 옆으로 방 하나가 더 있다. 할머니, 아버지, 엄마, 큰오빠, 큰언니, 우리 5남매, 여덟 식구가 2년 남짓 살았던 북아현동 우리 집이 내게 옛이야기로 말을 걸어 준다. 그 집은 역시, 다만 집이 아니다. 엄마와 나를 기억하고 그 곁을 지날 때마다 나와 이야기를 나누는 '지금 내가 사는 집' 마당의 참빗나무며, 꽃사과며, 철쭉이며, 누리꿈스퀘어 주변의 어떤 나무들과 같이, 나의 초등학교 4, 5학년 시절을 기억하고 그 시절로 나를 데려가는 살아서 숨 쉬는 인격이다.

한일관에 다니던 아저씨가 퇴근길에 개에게 먹이라며 손님들이 남긴, 비교적 살이 많이 붙어 있는 갈빗대를 가져오곤 했다. 엄마는 그 갈비를 푹~ 삶았다. 다음날이면 엄마가 부엌문을 열고 나를 불러들였다. 그때 그 부엌에서 갈빗대를 뜯으면서 경험한 맛이란 지금까지 먹어 본 어떤 갈비보다 최고다. 그 집에서 이사한 얼마 뒤, 아저씨의 어린 딸이 갑자기 쓰러지더니 죽었다는 소식을 들었다.

우리 여덟 식구는 ㄱ자 집에서 지냈다. 나는 마루 오른쪽 엄마와 아버지가 지내는 안방에서 자기도 하고, 할머니와 작은언니, 작은오빠가 지내는 마루 왼쪽의 건

넌방에서 자기도 했다. 엄마와 잘 때면 할머니가 마음에
걸렸다. 큰오빠는 대학 2년을 마치고 군대에 가 있었다.
휴가를 나오면 안방에 붙어 있는 다락에서 잠을 잤다.
안방 벽에 다락문이 있었다. 그 문을 열면 작은 공간이
있었다. 그곳에 향기 나는 꿀, 귤, 바나나 등 아버지께
선물로 들어온 이런저런 귀한 것들이 있곤 했다. 그곳을
딛고 올라가면 다락이다. 그곳에서 아버지한테 허벅지
를 맞은 적이 있다. 반찬 투정을 하고 다락 위로 올라갔
을 때였다. 아버지의 매는 평생 그때 한 번뿐이었다.

　　큰언니는 어디서 지냈던 것일까? 부엌을 사이에
두고 있던 또 하나의 방, 바로 그 방에서 큰언니가 지내
기도 했고, 만화공장에 다니는 창화, 창숙이 언니가 살
기도 했다. 큰언니와 창화, 창숙이 언니 중 누가 먼저,
또 언제부터 언제까지 그 방을 썼는지 기억은 나지 않는
다. 창화, 창숙이 언니와 재미있게 공기놀이를 한 것이
생생하다. 오늘까지도 그 이름을 뚜렷하게 기억하는 이
유일 것이다. 큰언니가 그 방에서 지낼 때 방 한구석에
1년 치 식량이 될 쌀가마니가 쌓여 있었다. 여름이 되면
그 쌀가마니 주위에 작고 하얀 구더기 비슷한 벌레들이
스물스물 기어 다녔다. 끔찍했던 일이지만, 엄마 몰래
쌀을 훔쳐 뻥튀기해 먹기에는 안성맞춤이었다.

　　그 방은 죽은 병아리를 살려 내기도 했다. 추운 겨

울, 학교에서 오는 길에 산 병아리가 집에 오는 동안 얼어 죽었다. 큰언니가 방바닥에 죽은 병아리를 드러눕히자 조금 후 다시 살아난 것이다. 그러나 그 병아리는 결국 그 뜨거운 방바닥에서 질식사하고 말았으니, 두 번 살고 두 번 죽었다. 시멘트 마당에는 펌프와 수도, 장독대가 있었다. 장독대에는 높은 담이 있었는데 담에 서서 아래를 내려다보면 낭떠러지였고, 그 아래로 다닥다닥 붙어 있는 집들이 보였다. 그러니까 그 집은 높은 지대에 있었다. 하여 한여름이면 물이 나오질 않아 아래 동네에 가 긴 줄을 서서 물을 배급받아 와야 했다. 나도 가끔 줄을 서야 했다. 그런 시절이었다.

기억은 끝도 없이 이어진다. 단단하게 알이 배긴 굴비구이가 밥상에 자주 올라온 것도, 이곳 아현동 집이었다. 엄마는 연탄불 위에 굴비와 꽁치, 갈치를 구웠을 뿐 아니라, 한 장 한 장 손으로 기름 바른 김을 구워 밥상에 올리셨다. 여덟 식구 밥에 다섯 남매 도시락을 싸는 것만으로도 부엌에서 벗어날 수 없었을 엄마가 틈을 내 조화를 만들고, 친척 언니가 하는 만둣집에 나가 카운터를 봤다. 그렇게 번 돈으로 우리나라에 처음 출현한 분홍색 2층 플라스틱 필통을 사 왔다. 그때 엄마의 얼굴은, 나보다 더 기뻐하고 있었다. 뜨개질로 스웨터를 떠서 입혔고, 아현시장에서 내 맘에 꼭 드는 원피스를 사 주셨다.

그런 엄마가 나와 백화점에 갔을 때 1만 5,000원 하는, 엄마 맘에 꼭 드는 원피스는 사지 못했다. 흰색과 하늘색 가는 체크무늬의 면 원피스는 아직도 내 눈에 선명하다. 모든 것이 넉넉하지 않았지만, 시간은 충분히 느리게 갔다. 마음은 풍요로웠다. 엄마에게도 풍요로운 시절이었을까? 어쩌면 눈물겹게 힘들었던 시절이었을지도 모른다. 엄마가 내게 와 함께 지낸 1년 중 어느 날엔, "너희들 자랄 때가 힘들어도 좋았지"라고 했고, 또 어느 날엔, "너희들 다 보내고 할머니와 아버지와 셋이 살 때가 제일 좋았어"라고 했다가, 또 어느 날엔 "아버지랑 단둘이 살 때가 제일 행복했어"라고도 했다. 그리고 이런 말도 했다.

"아버지가 죽고 나니까, 내 인격이 이~만큼 높이 있었다가 땅으로 뚝 떨어진 것 같았어. 그래서 문밖으로 나갈 수가 없었단다."

엄마의 집이 사라졌다

아현동 집을 떠나 엄마는 다섯 번의 이사를 더 했고, 5남매가 다 출가해 자신들의 아이들을 가졌을 때, 아버지는 공무원으로 정년퇴직을 했다. 아버지와 결혼을 하고 고향 백천을 떠나 서울로 온 후 처음 서울을 떠나 젊은 시절 꿈을 담아 집을 지었다. 과학관 교사였던 아버지에게 대학에서 강의해 보지 않겠냐는 제안이 들어왔으나, 시골 학교로 가서 텃밭을 키우며 살자고 한 엄마의 청을 받아들여 가기로 한 문산제일고등학교. 그곳으로 가기 위해 이삿짐을 싸 놓고, 황해도 백천, 할머니 할아버지가 사는 시댁에 인사하러 간 다음 날 아침 6.25가 터졌다. 피난민이 되면서 이룰 수 없었던 꿈을 담아 예순을 훨씬 넘긴 그제야 지은 집이었다. 경기도 평택군 청북면 토진리 너른 땅에.

우리 5남매와 그 남매들의 어린아이들에게 처음으로 시골집이 생겼다. 문만 열면 계절마다 연두색, 초록색, 갈색, 하얀색으로 옷을 바꿔 입는 살아 있는 흙이 있었다. 그곳에서 할머니가 돌아가셨다. 그리고 얼마 안 되어 부모님은 20년 가까이 가꾸었던 모든 것들을 놓고 그 집을 떠나야만 했다. 토지개발계획 안에 포함된 것이다. 보상금을 받아 다시 집을 지으셨다. 그곳이 율포리다. 그곳에서 아버지가 세상을 떠나셨다. 엄마는 아버지가 죽고, 저만치 높이 있던 인격이 땅 아래로 떨어진 것 같았다. 문밖으로 나갈 수 없었고 얼마 남지 않았던 다리의 힘이 더 빠져나갔다. 큰언니가 언니 집으로 모시고 갔고, 우리의 웃고 울었던 기억을 간직한 그 집은 사라지고 말았다. 평택 고덕 신도시계획으로 지역 주민들의 집과 일터들도 마찬가지로 사라졌다.

보상비 문제로 엄마를 모시고 개발사무소를 몇 번씩 오갔다. 오가는 길은 완전히 달라져 있었다. 그동안 보아 왔던 평화로운 논, 밭들이 보이지 않았다. 고속도로 양옆 길에 끝도 없이 거대한 아파트들이 지어지고 있었다. 지평선까지 붉은색 흙더미가 끝도 없이 이어졌다. 그렇게 넓은 지역이 송두리째 뒤집힌 것을 처음 목격했다. 내가 알던 골목길, 잔디가 잘 정돈되었던 이장님 집, 조금 걸어 나가면 보이던 젖소들과 우유 공장, 흙길 옆으로 담 없이 형형색색 꽃을 피웠던 은근히 탐나던 조용한 집들은 어떻게 되었을까! 눈앞의 저 거대한 붉은 흙더미 안에 생매장당한 것이 분명했다. 대량학살이 있었

117

다. 엄마의 집이 사라졌다. 엄마가 살던 집은 단 하나도 남지 않고 묻혔다

한때 내가 살았던 개포동, 잠실, 중계동, 그리고 지금 살고 있는 상암동의 아파트 단지들 모두가 그렇게 세워졌다는 것을 새삼 깨달았다. 1970년, 강남땅을 향한 위험한 욕망이 춤추기 시작하면서, 이후 쉼 없이, 손바닥만 하고 낡고 오래된 작은 집들과 땅, 그 안의 힘없는 작은 사람들이 숨 쉬던 공간들은 대량학살을 당해 왔다. 그 위에 대기업들은 '새롭게 새롭게'를 외치며 최신의 방식으로 거대한 아파트 단지들을 세웠다. 사람들이 아파트를 분양받기 위해 몰려들었고, 나 역시 그렇게 더 좋은 아파트를 찾아 이사를 다녔다. 복도식 아파트에서 라면 얼굴을 마주하던 이웃들을 더 좋은 계단식 아파트에서는 볼 수 없게 되었다.

어느 정도 나이가 들고 성실하게 살다 보면 결혼도 하고 집도 장만하던 시절이 있었다. 그러나 그 많은 아파트가 투기 대상이 되고 값은 천장 높은 줄 모르고 뛰어오르는 가운데 청년들은 N포 세대가 되었다. 땅에 묻혀 대량학살 당한 작고 힘없는 공간들의 역습은 아닌가 싶다. 세상은 많이 가진 사람들이 적게 가진 사람들을 희생시

킴으로 그 욕망을 채우는 구조로 돌아간다. 작아서, 힘이 없어 땅속 깊은 곳에 묻혀 버린 그것들을 위해 이제라도 위령제를 지내야 할까 싶은데, 재건축이라는 이름으로 또다시 대량학살을 꿈꾸는 이들이 있다. 그런가 하면 도리어 매몰당할 것 같던, 힘없고 작은 젊은이들이 한쪽에서 부활하고 있는 모습을 보여 주기도 했다. 그들은 거대한 시스템이 만들어 낼 수 없는 재미있고 개성 있는 일들을 만들어 내기도 했다. 애초에 큰 부를 축적할 수 없게 된 젊은이들이 별수 없이 의미와 가치를 찾아 느린 삶으로 시간을 찾으려고 노력하기도 했다. 지난 세대가 생매장했던, 작아서 힘이 없어 살해당했던 것들을 청년들이 구원해 주기를 미안한 마음으로 기대하기도 했다. 그들이 만드는 것들을 응원하며 사 모으기도 했다.

그런데 이제 또다시 코로나19가 그들을 덮쳤다. 분별없이 생명을 해치고 자연을 파괴하면서 비롯되었다. 동네에 생긴 지 얼마 안 되는 크고 작은 가게들이 개점 휴업을 했다가 또다시 폐점했다. 아파트 후문 건너편에 있는 작은 텃밭에서 햇볕을 받으며 제철에 자라는 상추, 토마토, 가지들이 있다. 그것들을 보는 기쁨이 컸고, 작년에는 그 밭에서 난 채소들을 사 먹는 호사들을 누리기도 했다. 어쩌면 또 개발이라는 이름으로 사라질 수 있다는 소식을 접하고 있다.

한밤중, 엄마 방에서 쿵 소리가 난 것 같아 눈을 뜨고 일어났다. 시계를 보니 새벽 1시다. 연이어 앓는 소리가 들리는 것도 같았다. 엄마가 침대에서 떨어져 꿈틀거리는 모습을 연상하며 엄마 방으로 갔다. 엄마는 자신이 꿈틀거리는 벌레 같다고 하시곤 했다. 엄마는 몸을 움직이시기 위해 정말로 꿈틀거려야 했다. 얼마나 꼼짝하기 싫으실까. 그런데도 살아 있는 동안 움직이지 못하면 자식에게 어떤 폐를 끼칠지 알기에 죽기를 다해 보행 보조기 워커를 밀고 500걸음을 세시며 걸음 연습을 하신다.

엄마 방에 가니, 예상대로 엄마가 방바닥에 떨어져 있었다. 침대에서 내려오시려다 떨어지셨거나 혹은 워커를 붙잡고 일어서시려다 넘어지셨다고 생각했다. 남편과 딸을 불렀다. 함께 엄마를 일으키고 워커를 붙잡게 한 뒤 화장실에 모시고 갔다 왔다. 그런데 엄마가 좀 이상했다. 정신없이 횡설수설하셨다. "애들 다 어디 갔어?", "자?", "잠자리는 봐줬어?", "나가 봐야지" …

"애들 다 자고 있어. 걱정하지 말고 주무셔"라고 말

하며 안정시켜 드리려고 했다. '혹시 수면제 때문일까?' 생각했다.

엄마는 젊었을 때부터 잠을 편히 주무시지 못했다. 언젠가부터 가슴에서 열이 난다고 했고, 여름이면 찬 방바닥을 찾아 가슴을 대곤 했다. 갱년기 증상이었던 것 같다. 내가 그 증상을 겪고 난 뒤에야 뒤늦게 생각했다. 아무것도 해드린 게 없었다. 아버지를 잃고 감정의 기복이 심해졌고, 큰언니가 병원에 모시고 가 우울증 진단을 받았다. 약을 드시면서 감정이 안정되었고 잠을 주무시긴 했지만, 잠이 드는 데는 시간이 걸렸다. 깊은 잠을 자지 못했다. 바스락 소리에도 잠을 깨곤 했다. 그즈음 잠이 잘 안 든다고 하셨다. 나 역시 졸피뎀과 아졸락으로 잠들 수 있었고, 엄마의 괴로움을 알 것 같아 이틀 전 졸피뎀을 반으로 나누어 드시게 했다. 효과가 없었다. 그 다음 날엔 한 알을 다 드시게 한 것이다.

엄마는 다시 잠들지 않고, "희선아~ 희선아~" 하며, 나 대신 나 어린 시절을 닮은 내 딸을 바라보셨다. "얘가 희선이야?"라고 묻자. "응"이라고 대답하셨다. "희선이가 몇 살인데?" 물으니, "대학 나왔지," 하고 답하셨다. 엄마는 내가 스물네 살인 시기에 가 있었다. "희선이가 누군데?" 나는 물었고, "우리 막내딸이야" 답하시면서 나를 보며, "누구세요?" 하시는 거였다. 내가 엄마와 함께 누워 자자고 토닥이니, 둘째 딸 J2가 나를 밀어내고 할머니 곁에 누웠다. 자신을 막내딸 희선이로 착각하는 할머니가 안쓰러웠을 테고, 알아보지 못하는 내가 할머니 곁에 눕는 것보다, 딸로 착각하는 J2 자기가 함께 누워야 할머니가 안심할 것으로 생각했을 것이다. 아픈 내가 잠을 자지 못할 것을 염려했겠고, 멀리 떨어져 살며 함께 많은 시간을 보낼 수 없었던 외할머니와의 거리감을 좁히며 새로운 관계를 맺어 가는 과정이기도 했을 것이다.

밝은 날을 위해 J2에게 엄마를 맡기고 잠을 청하려고 내 방으로 들어왔는데 엄마 소리가 계속 들린다.

"희선아. 왜 그렇게 손이 차? 나한테 손 넣어."

당신 다리 사이로 딸로 착각한 외손녀의 손을 끌어넣는 중이다. "희선이 손 같지가 않아"라고도 하셨단다. 엄마는 내가 어릴 적에도, 지금도 내 손을 잡으면서 내 손이 너무 차다고 걱정을 하면서, 얼음장 같은 손을 당신 다리 사이나 품에 넣어 주셨다. 차디찬 발도 그렇게 해주셨다. 내가 어릴 적에는 엄마 몸이 따뜻했지만, 지금은 엄마 몸이 많이 식었는데도 말이다. 엄마는 계속해서 '어머니', '얘들아', '어쩔까?' 등등 소리를 내시더니 결국은 잠이 드셨다.

남편은 어제까지 정신이 온전했던 분이 갑자기 그

리될 수는 없을 거라 했지만, 나는 치매의 시작이라는 생각에 이르렀다.

그 전날은 엄마와의 동거 기간 중 가장 유쾌한 시간을 보냈다. 남편이 '오뚜기 잡채'로 저녁상을 차렸다. 시작은 이랬다. 며칠 전, 남편이 만든 '오뚜기 잡채'를 엄마가 맛보고는 "이거 자네가 만든 건가?" 묻자, 우리는 다 같이 한목소리로 엄마를 속였다. "응 맞아, O서방이 만들었어", "응. 아빠가", "네. 제가 만들었어요." 엄마는 감쪽같이 속아 넘어갔고, 그날 남편에게 부탁했다.

"O서방~ 오늘도 그 잡채 만들어 봐. 맛있더라."

모두가 낄낄거리며 또다시 엄마를 속이며 '오뚜기 잡채'로 저녁을 마쳤다. 속고 속이는 일로 한껏 흥이 돋은 남편과 딸과 내가 그 어느 때보다 웃고 떠들며 엄마의 지난 시절들을 이야기하고, 그동안 너무 잘 사셨다고, 자식한테 그야말로 헌신적이셨다고 고맙게 생각한다고 말했다. 그 순간, '마치 삶을 정리하는 것만 같아. 어쩌면?' 하고 무슨 암시라도 받은 느낌이 내게 스쳐 지나갔었다. 나는 그 순간의 암시같이 찾아왔던 느낌을 생각하며 이제부터는 나를 알아보지 못할 엄마, 병원에 가시면 겪어야 할지도 모르는 두려움 등을 생각해야만 했다.

나는 다시 졸피뎀 반 알을 더 먹고 잠을 청했다.

"J오. 왜 여기서 자?" 하는 엄마 소리에 눈을 떴다. 아침이었다. "엄마 잘 잤어?" 묻는 내 말에 "응. 잤어. 그런데 도무지 개운하지를 않아"라고 하셨다. "엄마 꿈은 안 꿨어?" 묻자 "아니 꿈 안 꿨어"라고 하셨다. 엄마는 정상이었다. 수면제에 취하신 상태에서 예민하신 엄마는 화장실에 가시기 위해 일어나셨고, 졸피뎀에 취한 엄마가 중심을 잡지 못해 방바닥으로 떨어졌을 테고, 계속해서 비몽사몽 하신 거였다. 약국에 물어보니, 가끔은 졸피뎀으로 몽유병 증세를 나타낸 경우가 보고되었다고 했다.

엄마를 모시고 싶었고, 잘해드리고 싶지만, 심신의 스트레스가 더하는 통증이 찾아와 한편 도망치고 싶은 마음이 찾아들곤 했었다. 그러나 그날 아침, 얼마 동안이 될지 모르는 엄마와의 동거가 엄마가 내게 남겨 주는 마지막 '선물'이라는 생각을 했다.

때로는 '시신'조차 선물이 된다. 사라져 버렸고 어디서도 찾지 못한 사랑하는 이들의 '시신'이라도 받아안아 주고 제대로 보내고 싶은 사람들이 있다. 불의한 재판을 받은 이들에게 '공정한 재판'이, 가짜뉴스들이 판치는 세상에 '바른 지식'이, 아무리 해도 일할 자리가 줄어들 수밖에 없는 세상에 '기본 생활이 가능한 제도'가, 무분별하게 자연을 훼손하면서 빙하가 녹고 각종 바이러스가 생명을 위태롭게 활동하게 된 이 시대에 '자연을 보호할 수 있는 규제'가, 힘들고 억울하게 살아가는 생명에게 선물이 될 수 있다. 선물을 기다리다 기다리기 지쳐서 포기하고 싶어 도망치고 싶은 어떤 이들에게 그들이 기다리던 '선물'이 도착하기를 빈다.

"엄마. 엄마 똥은 더럽지 않았어."

전날 내가 엄마 마음을 아프게 했다. 남편이 바람을
쐬러 가자고 했다.

"엄마 우리 내일 시골에 가자."

얼마 전 큰 시동생 O2가 서울을 떠나 증평에 집을
짓고 이사를 했다. 시골에 가면 엄마가 좋아할 수도 있
을 것 같았다. 엄마는 천성적으로 언제라도 웃을 준비
도, 울 준비도 되어 있고, 언제라도 마음을 풀 준비가 되
어 있는 분이다. 엄마는 그러자고 했다. 실은 그래야 나
와 남편의 마음이 편할 것을 알기에 그러신 것이다. 게
다가 동서를 진작부터 만난 적이 있고 마음 쓰는 게 착
한 동서가 불편하지 않으셨다. 게다가 엄마는 누구를 만
나도 낯설어하는 분이 아니었다. 엄마는 "희선아, 수박
하고 오렌지를 사 와. 그것 가지고 가게" 하고 내게 돈을
주셨다. 엄마는 누구에게도 빈손으로 가지 않고 왔다가
는 손님을 빈손으로 돌려보내지 않는 분이다. 자식이지
만 내게 단 한 푼도 신세를 지지 못하시는 분이었다. 내
가 사는 것은 내가 사는 것이고, 엄마는 자신이 갖고 갈

것은 당신 돈으로 사 가셔야 했다.

시동생 집에 와 있으니, 엄마에게 화장실이 낯설까 싶어 화장실에 함께 들어갔다. 엄마가 나가 있으라고 하셨다.

"왜? 똥 누시려고?"

한참이 지나 내가 다시 들어갔다. "누셨어?" 물으니 그렇단다. 아직 화장실 물을 내리시기 전이다. 내가 화장실 물을 내리려니 하시는 말이,

"안 돼. 아직 내리지 마."

"왜?"

"막히면 어떻게 해? 남의 집에 와서."

"이 정도면 안 막혀. 그럼 엄마는 어떻게 하려고?"

"손으로 뀌뜨린(자른) 다음 물을 내려야 해."

나와 엄마가 서로 말을 주고받았고, 나는 괜찮다며 물을 내리고 나왔다.

'남의 집'이라는 말이 내 가슴으로 파고들어 왔다. '남의 집', '조심해야 하는' 집.

며칠 전 우리 집에서의 일이 생각난다. 엄마가 화장실에서 오랫동안 나오시지 않아, "나야" 하면서 화장실에 들어갔다. 그때도 변기 물을 내리시기 전이었고 내가 물을 내릴 때, "안 돼 막혀"라고 하셨다. "괜찮아 막

히지 않아. 막히면 내가 뚫어"라고 했고 내가 물을 내렸
다. 엄마가 변을 보고 나오시면 화장실에서 유난히 좋지
않은 냄새가 한참을 갔다. 엄마는 우리 집, 그러니까 아
직도 그리고 앞으로도 딸과 사위의 집이긴 하지만 자신
의 집이 아닌, 존재 자체가 미안하기만 한 남의 집, 바로
그 우리 집 변기가 막힐까 봐 변이 굵거나 단단한 날은
변을 손으로 뀌뜨리시고(자르시고) 물을 내리셔야 했
을 것이다. 스스로는 '뚫린다 뻥'으로 변기를 뚫을 힘도,
그러기 위해 몸을 지탱하실 힘도 없었다. 그렇게 엄마는
언제나 남의 집에서 똥을 누셨던 것이다. 이런 불편함을
딸에게도 말할 수 없었나 보다.

"엄마, 나도 지은이도 변기를 자주 막아. 그럴 때 뚫
는 방법이 있어. 나는 아주 잘 뚫어. 그러니까 마음 놓고
물 내리고, 막히면 나한테 말해. 아무 걱정도 하지 말아."

그러나 앞으로도 그러실 것이다. 단 한 번도 "내가
너를 어떻게 길렀는데?"라고 어느 자식한테도 말해 보
시지 않은 채. 그렇게 살고 계시며, 남은 시간 동안도 그
러실 것이다. 몸을 가지고 살아야 하는 인간, 그 인간이
자신의 몸이 아무런 희망 없이 스러져 가는 것을 느끼며
살아가는 것은 이리도 비참하다는 것을, 비로소 알아가
고 있다. 말 없는 엄마의 가르침!

3년 반 전쯤(2012년) 일이다. 엄마 혼자서 자그마

한 아파트에 살고 계셨다. 큰 형부가 아프기 시작했고, 아픈 사위와 힘든 딸의 돌봄을 받기가 여간 마음 아픈 게 아니라 독립을 하셨다. 엄마는 워낙 장이 약해 설사가 잦으셨다.

큰언니가 모처럼 부산에 내려간 나와 작은 언니에게 갈비를 사 줬다. 갈비를 먹고, 온천탕에 가는 길, 엄마가 아픈 배를 참을 수 없어(얼마나 참아 보려고 하셨을까) 화장실에 가자고 하셨고, 근처 공중시설로 갔다. 화장실에 들어간 엄마가 도무지 나오시지 않자 화장실에 들어갔는데 화장실 안에서 들리는 소리가 예사롭지 않았다. 짐작되는 바가 있어, "엄마. 나야" 안심시키며 화장실 문을 열었다. 놀라 어쩔 줄 모르는 엄마의 손에는 벗은 속바지가 들려 있었고, 그 속바지를 변기 물에 헹구기를 반복하고 계셨다.

얼른 그 속바지를 받아 들고 헹구며 엄마를 화장실 밖으로 나오게 했다. 그때도 휘청거리실 만큼 다리에 힘이 없고 허리는 끊어질 것같이 아프셨을 때였다. 정신없이 속바지를 헹구시면서 얼마나 당황스럽고 민망하셨을지. 아픈 기억들이 사라지지 않는다.

세 딸은 아무렇지도 않게, 언니 차에 있던 타월을 꺼내 그 위에 엄마를 앉히고 온천탕으로 갔다. 나올 때 잠옷 바지를 사 입혀 드렸다. 그 잠옷 바지는 딸 J2의 잠옷이 되었고 작년에 버려졌다. 잠옷 바지를 버린 것이 꼭 엄마를 버린 것 같아 아프게 마음에 남는다.

딸이니까 아픈 가슴 안에 조용히 묻어 둘 수 있는 일이었다. 이게 우리 눈에 보이지 않는, 육체 가진 이의 늙어감이다. 자기 집이 사라진다는 것, 자식 집에 얹혀 산다는 것. 그 조심스러움. 그야말로 정갈한 성격이었다. 깔끔을 떠셨다. 아침저녁으로 세수를 하시고 머리를 매만지시고 흐트러져 본 적이 없는 엄마였다. 나이가 들면서도 냄새가 난 적이 없으셨는데 어쩔 수 없이 수시로 똥을 지리시면서 엄마 방에서 냄새가 나곤 한다. 엄마를 돌아서게 하고 물휴지로 지린 똥을 닦아 내고 속옷에 발을 끼워 넣어 갈아입히면서, 어린 시절 우리를 이리 진자리 마른자리 갈아 뉘시며 키웠겠구나 하며 눈물지었다. 그러면서도 순간순간 엄마를 모시는 게 참으로 버거워서 가슴 아픈 날을 지내시게 했다. 나도 가끔 항문 근처가 축축한 느낌이 들 때가 있다. 항문 근처에 있던 콩알만 한 똥이 어느 순간 밀고 나올 때가 있는 것이다. 변비과에 속한 내게도 그런 일이 있다.

똥, 엄마 눈에 아기의 똥은 더럽지도 않고 때로는 신통방통하게도 여겨진다. 그 똥이 언젠가부터 부끄러운 물건이 된다. 그리고 더 시간이 지나면, 부끄러워도 어쩔 수 없이 남에게 그 물건의 처리를 맡기게 된다. 원

래부터 똥은 나쁜 것도, 부끄러운 것도 아니다. 잘 먹고,
먹는 대로 잘 싸는 것이, 행복의 요건이 되는 만큼.

"엄마. 엄마 똥 하나도 더럽지 않았어."

(3부)

"혹 근처에 은행이 있나요?"

거의 모든 경제생활을 카드로 한다. 현금 없이 지낸다. 불광역사거리는 내게 낯설다. 꼭 현금이 필요해 그곳에서 은행을 찾아야만 했다. 반바지에 티셔츠 차림새라면 근처 동네에 살고 있지 않을까? 반바지-티셔츠-청년에게 길을 물었다. 청년이 대답했다. 동네 지리를 잘 알고 있던 게 맞다.

"쭉~ 가면 있어요."

그래서 내가 더 물었다.

"어느 쪽으로요? 길을 건너나요? 얼마 정도 가야 하지요?"

"쭉~ 가면 있어요."

청년은 시원스러운 태도로 다시 대답한 후 그 뒷모습도 시원스럽게 돌아섰다. 별수 없이 쭉~걸어갔다. 은행 위치를 아는 다른 사람이 없었다. 확실하지 않았지만 길을 건넜고, 청년의 말대로 쭉~갔다. 100미터 정도 떨어진 거리에 은행이 있었다. 그 길을 가는 동안 '목표물

인 은행을 보지 못하고 지나치면 어떻게 하나?' 불안했
다. 길이 복잡했다. 김밥집, 분식집, 중국집 등 음식점들
에, 아웃도어 체인점, 양장점, 복권판매소, 병원, 약국,
카페, 그야말로 온갖 종류의 가게들과 노점상이 늘어서
있었다. 골목들이 많았고 보행자도 많았다. 북적거리는
길은 사람들의 말소리로 시끄럽기까지 했다. 길을 알려
준 청년에게는 익숙한 길이었겠지만 내게는 그야말로
완전한 미개척지였다. 나는 100미터 거리를 '쭉~' 갈 수
없었다. 조심스레 전후좌우를 살피며 어렵게 갔다.

　　우리 인생길이 다르지 않다. 태어나서 쭉~ 살아가
면 그곳에 죽음이 있다. 누구에게나 같은 길이다. 그래
서 사는 것이, 다 '거기서 거기'라고도 한다. 그러나 100
미터의 짧은 길, 5분 거리 되는 길에 별의별 것들이 놓
여 있다. 별의별 사람들을 만나고, 별의별 소리를 듣는
다. 각양 사건들이 일어난다. 하물며 우리 인생길은 '분'
단위가 아니다. '년' 단위다. 평균 수십 년이다. 탄생과
죽음, 기대와 좌절, 기쁨과 슬픔, 설렘과 두려움, 웃음과
눈물, 사랑과 증오, 수고와 배신, 성공과 실패, 아름다움
과 추함, 진실, 속임수, 착취, 혐오와 차별이 있다. 입학,
졸업, 취업, 낙방, 사직, 은퇴, 결혼, 이별, 질병, 폭력 등
을 경험한다. 때로는 소송에 휘말리기도 한다. 이것들
하나하나 어느 것 하나도 같은 게 없다. 한 번 경험했다

고 해서 다음에는 덜 기쁘거나 덜 아프지 않다. 안전한가? 하면 어느새 위기를 맞으며 롤러코스터를 탄다. 때로는 막다른 골목에 서 있어 한 치도 앞으로 더 나가지 못할 것 같은 날을 보내다가, 샛길을 만나기도 하며, 좁은 길을 빠져나와 대로를 만나기도 한다. 인생길! 누구나 다 가는 길이지만, 누구라도 처음으로 걷는 길, 가보지 않은 길, 모험으로 가득한 여행길이다. 한곳에 머무를 수 없다. 인생은 여행이고, 우리 누구나 여행하는 나그네다. 지리적 이동을 하지 않고 한곳에 머물러 살더라도 시시각각 시대가, 만나는 사람들이 바뀐다. 만들어가는 이야기가 달라지고, 때마다 삶의 목적도 바뀐다. 우리 자신도 바뀐다. 그렇게 태어나 죽기까지 우리는 여행을 한다.

　인생이라는 여행길, 잊으면 그만인 길은 없다. 한 사람도 예외 없이 자신이 걸어가는 길 위에서 이야기를 만나고, 자신의 이야기를 만든다. 같은 이야기는 없다. 저마다 독특하고 유일하다. 나도 나만의 독특한 인생길을 걷는다. 그 길에서 지나온 길을 되살피고 이해한다. 그렇게 나를 알아가고 나를 만들어 간다. 순간순간 낯선 길 위에 서서, '왜?' '무엇을?' '어떻게?' 할지, '어디로 갈지?'를 묻고 답하며 지금까지 살아왔고, 앞으로도 그럴 거다. 유일무이하고 독특한 길이기에 힘들지만 재미

있고, 재미있지만 힘겹다. 모두의 삶이 그렇다.

불광역 1번 출구 100미터 주변! 그 길은 청년에게는 쭉~가면 되는 길이다. 그래서 쉽게 알려 줬다. 쭉~가면 된다고. 청년이 자세히 알려 줬으면 달랐을까? 어차피 내게 미개척지였던 그 복잡한 길을 쉽게 갈 수는 없었을 거다. 알려 준 대로 두리번거리며 찾아가야 했을 것이다. 청년은 간단하게 내게 길을 안내했고, 덕분에 나는 그 길을 두리번거리며 애를 썼다. 그 덕분에 내가 만난 불광역 1번 출구 100미터는 이제 내게 활기차고 재미있는 길이 되었다.

여행기를 쓰고 있다.
질문의 힘 덕분이었다

어느 날, 친구가 내게 물었다.

"희선아, 너는 뭘 하고 싶니?"

대학 4학년이 끝나 갈 때쯤이었다. 친구가 내게 그렇게 묻는 순간, 나는 '쿵' 했고, 멍해졌다. '멘붕'의 시간이었다. 이처럼 중요한 물음이 어디 있는가? 피해 갈 수 없는, 피해서는 안 되는 물음이다. 그런데, 나는 나 자신에게 이 물음을 묻지 않았다. 무려 대학 4학년이 될 때까지. 당황했고 수치스러웠다. '나는 무엇을 하고 싶은가?' 불과 2~3분이 지났을 뿐이다. 내 안에서 답이 절로 터져 나왔다.

"나~ 글을 쓰고 싶어."

그런 물음이 주어지기만을 기다리고 있었던 것 같이. 언어의 힘, 특히 '질문의 힘'이었다. 나는 그때까지 글쓰기를 해본 적이 없다. 일기조차도 쓰지 않았다. 그런데 글을 쓰고 싶다고 했다. 속으로 '왜지?' 물었다. 이 물음에도 곧 답을 할 수 있었다. '글을 쓰게 되면, 분화되지 않은 덩어리 상태인 나를 하나하나 풀어낼 수 있을 것'이라 답했다. 나는 내게 "희선아, 너는 누구니?"를 묻고 있었고, 그 물음에 답하기 위해 글을 쓰겠다고 답한 것이다. 글을 쓴다는 것은 생각을 구체화하고, 생명력을 부여하는 것이다. 글을 쓰는 사람은 스스로 생각의 주체가 되어 가며, 자기 삶의 주인이 되어 간다. 나는 그렇게 하여 이 땅에 견고하게 설 수 있게 되기를 바랐던 것이다.

24년이 지난 어느 날 아침, 내가 글을 쓰고 있다는 사실을 알고 화들짝 놀랐다. 목사가 되겠다는 생각으로 공부한 것이 아니었다. 하지만 청소년들에게 가는 방법으로 신학을 했고, 전도사가 되었고, 목사가 되었다. 목사가 되었기에 학교도 갈 수 있었다. 그러나 모든 것이 부족했다. 설교 내용은 그대로 살지 않는 나를 보게 했고, 때로는 균형을 잃어 누군가에게는 설교가 도리어 거침돌이 될 수 있거나 무의미할 수 있었다. 청(소)년들은 그들대로 바쁘고 긴장된 삶을 살아 내야만 했다. 한가하게, 그리고 깊이 세심한 이야기를 나눌 여유가 없었다. 그 부족을 채우기 위해 교회, 청년부를 맡으면서부터 교회청년부 카페를 만들었고, 그곳에서 설교 후 만남을 지속했다. 설교에서 틀리거나 균형을 잃거나 보완이 필요한 부분, 설교 후 드는 생각들을 내가 올렸고, 청년들은 자신들의 생각과 소식을 올렸다. 때로는 외부인이 들어와 교회를 비난했고 그 비난은 다시 토론의 주제가 되기도 했다. 그 일이 내게는 좋았다. 출근 시간보다 적어도 한 시간 이상 전에 교회에 도착했다. 혼자 있는 시간이 좋았고, 청년부 카페에 글을 올리고 청년들이 올린 글을 읽으며 소통하는 것이 즐거웠다.

그러던 어느 날 아침, 대학 4학년 어느 날, 친구가 내게 했던 질문과 그 질문에 내가 했던 답이 생각났다. 완전히 지워졌던 죽어 버린 기억이 청년부 카페에 글을 올리고 청년들이 올린 글을 읽는 어느 날 이른 아침 부활했다. 나는 이미 글을 쓰고 있었다. 이미 성경에는 내가 새까맣게 써 놓은 글들이 있었고, 내 손이 닿은 책들에도 까만 낙서들이 있었고, 손에는 늘 연필이 있어, 아무 때나 어디서나 질문들을, 새로 알게 된 것들을, 관리하지 못해 지금은 사라져 버린 시들을 끄적거리고 있었다. 그 사실을 인식하고부터 글을 쓰는 사람이 되었다. 잘 쓰지 못하고, 분량도 적지만, 계속 글을 쓴다. 내 인생의 '여행기'다. 카페, 인스타그램, 블로그, 페이스북 가리지 않고 쓴다. 글을 쓰며 엉켜 있는 실타래를 풀어 가듯, 세상을 알아 가고 나의 삶을 풀어 가고 있다. 다른 사람들의 글을 읽고 배우는 게 많다. 내가 쓰는 글이 나를 '나' 되게 만든다. 다른 사람들이 쓰는 글이 나를 새로운 길로 이끌어 나를 확장한다. 때로는 포기하고 싶은 삶에 의미를 부여해 줬다. 어떻게 살아야 할지 방향을 잡게 한다. 여전히 모르는 것이 생기면 글을 쓰기 시작한다. 이상하게 글을 쓰면 의문이 풀리기 시작한다. 쭉~ 가면 되는 목적지는 없다. 한눈팔지 않고 쭉~가는 길에는 터널사이트만 존재한다. 주위에 널려 있는 중요한 이야기들을 놓칠 수밖에 없다.

지혜로운 선택

　나이와 무관한 인생 선배들의 유일무이한 이야기들을 읽으며 나는 여전히 내 삶을 만들고 있다. 10대 고등학생 인생 선배의 글을 읽고 '머리에 피도 마르지 않은 것들의 인권'을 생각할 수 있었다. 20대 선배도 있다. 자신의 글을 쓰며 자신의 길을 개척한 이들이다. 세상에 먼저 나왔다고, 나이가 많다고 해서, 나보다 뒤에 태어난 사람들, 나보다 나이가 어린 사람들의 인생 선배가 될 수는 없다. 사람은 누구나 다르게 태어났고, 서로 다르기에 서로에게서 배운다. 비록 내가 낳은 딸이지만, 딸들이 내가 앞으로 살아갈 세상을 소개해 준다. 내가 낳았지만, 내가 만나지 못한 세상에 사는, 내 인생 선배가 되어 다른 삶을 소개하곤 한다. 내가 지난 세대에게서 배웠지만, 또 지난 세대와는 다른 세상에서 다르게 살며, 지난 세대에 새로운 삶을 소개할 수 있듯이. 태생적으로 다르게 태어난 모든 이들이 서로 격려해야 하는 이유다.

저녁 시간 빙수집은 여러 테이블에서 나는 작은 소음들로 활기를 띠고 있었다. 모두 즐겁게 시간을 보내는 듯했다. 나와 남편, 딸 우리 셋도 빙수를 다 먹기까지는 그랬다. 빙수를 다 먹고 딸이 '퇴사'를 선언하면서 분위기가 달라졌다.

"뭐? 갈 곳도 구하지 않고? 요즘 취업이 얼마나 힘든데!"

딸의 퇴사에 대한 아빠의 반응이 가볍지 않았다. 조금 심각했다. 그러나 딸의 다음 선언으로 '퇴사'는 문제조차 되지 않았다.

"할 말이 더 있어. 아빠, 나 Y하고 합칠 거야. 일단 합치고 혼인신고 할 거야. 결혼식은 나중에."

"뭐라고? '동거'를 하겠다고? 안 돼. 지금이라도 결혼식장 알아보고 결혼식을 올려. 그리고 합쳐도 되잖아. 식장 구하기가 어렵다면 아빠도 알아볼 수 있을 거야."

딸은 단호하게 거절했다.

"아니. 사실 혼인신고도 결혼식도 하고 싶지 않았어. 혼인신고는 함께 살 집을 구하려면 예비신혼부부를 위한 대출을 받아야 하니까 하려는 거고. 결혼식은 부모님들을 위해 하기로 한 거야. 혼인신고는 집을 얻고 둘이 합친 다음에 할 거고 결혼식은 함께 살면서 계획할 거야."

"안 돼, 아빠는 용납할 수 없어. 네가 정 그러려면 너 혼자 알아서 해."

"알았어."

강 VS 강으로 치닫게 될 것 같던 대화는 그것으로 완전히 끝났다. 남편이 일어서서 나가 버렸다. 나는 한마디도 하지 않았다. 딸이 내게 말했다.

"엄마는 내 편 될 필요는 없어. 엄마의 생각만 분명하게 해."

딸과 나도 곧 일어나 집으로 들어왔다. 그날 저녁 셋 다 더 이상의 아무 말도 하지 않았다. 각자의 할 일을 하다가 각각 잠자리에 들었다.

다음 날 아침 눈을 뜨면서 비로소 남편이 말했다.

"당신 알고 있었어? J2는 어떻게 갑자기 그럴 수 있어?"

"정확하게는 몰랐어. 대충은 짐작하고 있었어(사실 나는 알고 있었다. 그렇더라도 사정은 달라질 것이 전혀 없었다). 당신도 나도 J2의 삶을 결정할 결정권자는 아니지. J2는 어른이야. 당신이 어른이라면 어제 J2가 그렇게 말했을 때, 왜 그렇게 하려고 하는지 그 이유를 들었어야 해. 그리고 조용히 당신 생각을 내어놓고 서로의 의견을 맞추어야 했어."

나는 다만 나의 분명하고 솔직한 생각을 전달했다.

남편이 말을 이었다.

"나도 생각해 봤어. 나는 J2가 Y와 혼인신고 먼저 하고 합쳤으면 좋겠어. 그리고 가능한 대로 빨리 올해 안으로 결혼식을 올린다면 나도 허락하겠어. 당신 생각은 어때?"

신혼부부 대출보다 예비신혼부부 대출 조건이 좋다. 두 경우의 이자율이 같지만, 서울의 경우 시에서 예비신혼부부에게 약간의 보조를 해준다. 결과적으로 본인의 이자 부담이 적어진다. 그러려면 혼인신고 전에 대출 신청을 해야 한다. 전세 계약 기간은 2년으로 고정되어 있다. 이자까지 부담하면서 빈집으로 놔둔다는 것은 그야말로 비용 낭비. 비현실적이다. 결혼식은 하겠다고 했으니 아이들을 믿고 기다려 줘야 한다. 이미 서른이 넘은 성인이다. 예비신혼부부 대출을 받게 되면 어차피 7개월 안으로 혼인신고를 해야 한다. 사전에 청첩장이나 스튜디오 촬영 사진 등을 증거서류로 제출해야 예비신혼부부 대출 신청이 가능하다. 청첩장은 소위 '가라'로 만들어 제출하면 된다. 스튜디오사진 촬영은 비용이 많이 들어간다. 전혀 의미 없는 장치다. 혼인신고라는 장치만으로 충분하다.

딸이 '퇴사'와 '결혼' 선언(딸에게는 결합, 내게는 결혼, 남편에게는 동거)을 한 뒤, 이틀 뒤, 남편과 나와 딸이 다시 앉았다. 남편이 말을 열었다.

"아빠가 어른답지 못하게 행동했어. 미안해. 나도 네 생각을 존중하기로 했어. Y한테 정식으로 인사 오라고 해. 너도 Y의 집에 정식으로 인사하러 가야지? 양가 가족들 얼굴 맞대고 식사라도 하면서 인사하는 시간을 갖자. 아빠가 가전제품은 사 주고. 엄마는 너희들 살림살이하고 가구를 맞춰 주면 좋겠지?"

3주 후 양가 가족들이 함께 식사하며 인사를 나눴다. 그 사이 둘은 함께 살 집을 구하고, 대출이 확정되었다. 필요한 약간의 가구와 가전제품들이 집을 채웠다. 그리고 J2와 Y는 각각의 집에서 나와 둘만의 가정을 꾸렸다. 양가 가족들이 기꺼이 축복했다. 얼마 후 남편은 두 사위와 함께 남자들만의 정례모임을 가졌다. 하하 허허 웃는 모습의 사진을 카톡으로 전송했다. 아주 짧은 기간 동안 갈등이 해결되었다. 이전에도 아빠와 딸 사이에 크고 작은 갈등이 있었다. 딸 J2는 언제라도 제 생각과 입장을 분명하게 했다. 까칠하긴 하지만 신뢰할 만도 했다. 보통은 아빠가 물러서야 했다. 이번 문제에서도 딸이 물러서지 않을 것을 아빠도 알고 있었을 것이다. 딸은 제 삶을 결정할 마땅한 권리를 가진 성인이다. 혼인신고를 하지 않을 수도 있고, 부모를 위한 결혼식을 하지 않아도 된다. 그러나 세상에 독처하는 인간도 아니다. 엄연히 자신이 몸을 담고 있는 사회의 구성원이고, 사랑하며 키워 준 부모가 있다. 자신의 이상, 현실, 부모를 고루 생각하며 현실적으로 지혜로운 선택을 했다고 나는 생각한다.

"딸이 남자와의 첫 관계를 제게 말해 줬어요. 제가 이제 어른이 되었구나, 라며 축하해 주었습니다."

"참 좋은 아빠를 두었군요."

2006년 캠퍼스선교사가 되어 캠퍼스로 들어갔을 때 만난 어느 대학교수(파리대학을 졸업했다)와의 대화였다. 내가 한 말은 진심이었다. 넘어져 본 사람은 일어나는 방법을 배운다. 다시 일어날 때, 손을 잡아 주는 것이 먼저 넘어져 본 사람들이 할 일이다. 부모들이, 기성세대가 할 일이다. 그럴 수 있다면 혹 넘어져도 일어날 것이며, 더 큰 정신의 소유자가 될 수 있을 것이다. 자식은 부모의 소유가 아니다. 변화하는 현실에서 그들이 어떻게 살아야 할지 부모 세대들보다 현명한 결정을 내릴 것이다. 문학평론가요, 작가요, 설교가인 김기석 목사가 '진정한 효'에 대해 말하는 것을 들었다. "'진정한 효'란 부모보다 그 정신이 커지는 것이며, 신은 부모라는 활에 자식이라는 화살을 당겨 가능한 한 멀리 활을 떠나게 합니다." 부모가, 나이가 많은 이들이 자녀들의, 젊은이들의 정신이 마음껏 커질 수 있도록, 진정한 자기의 삶을 살 수 있도록 응원하려면 그들의 선택을 믿어 줘야 한다. 그리고 여전히 남아 있는 각자의 길에 몰두한다면 비록 육체는 낡아져도 정신은 새롭게 될 수 있을 것이다.

내가 나로 사는 세상은
올 수 있을까?

J2가 Y와 함께 독립한 후 어느 날 남편이 친구 모임에 갔다 와서 말했다.

"친구들한테 우리 딸 결혼했다고 말하지 못했어."

고용시장이 불안정하고 소수를 제외한 청년들의 임금 수준이 매우 낮다. 경제적 독립이 어렵고 주거비용이 터무니없다. 결혼 문화가 바뀌는 것은 당연하다. 일방적으로 남자 쪽에서 주택비용을 부담하는 시대는 갔다. 비용과 형식 그리고 그 의미를 고려할 때, 결혼식은 꼭 필요한 것인가? 시간이 절대적으로 부족한 가운데 과연 결혼식에 맞춰 주택을 구하는 일이 가당키나 한가? 결혼과 함께 그 문제를 더 심각하게 느끼게 되는 젠더 불평등을 불사하고 굳이 결혼할 것인가? 어려움 속에서 더 근본적인 질문들이 쏟아진다. 혼인율도 출산율도 낮아진다. 정부가 신혼부부들에게 전세자금을 낮은 이자율로 대출해 주게 하고, 서울시가 예비신혼부부의 조건을 규정하고 혜택을 더해 주는 제도도 그런 현실을 반영한 것이다.

이미 예순을 넘긴 그야말로 기성세대인 내 친구들이 며느리의 혼전 임신에 대해서 별 거리낌 없이 말한다. 그러면 친구들은 요즘처럼 불임이 많은 시대에 좋은 혼수라고 축하해 주기도 한다. 오래전 TV 연예프로그램에서 연예인 커플이 이미 동거하면서 결혼식을 준비하는 것을 보면서 그렇게 하는 것이 더 낫다고 생각한 적이 있다. 드라마에서 혼전 동거, 혼전 섹스가 자연스럽게 등장하는 시대다. 소설이나 영화, 드라마들이 결혼·성을 비롯해 기성세대들이 담론조차 허용하지 않는 주제들을 대중들 앞에 가져온다. 뭐든 진영 싸움으로 만들어 버리는 정치인들이 하지 못하는 일을 대신 해주고 있다. 우리와 아주 가까운 사람들의 삶의 이야기로 자리매김 해주는 것이다.

이러한 일련의 흐름이 확실히 부모 세대들의 인식을 어느 정도 바꿔 놓았다. 그러나 자신과 그 자녀에 관한 문제라면 이야기는 달라진다. 여전히 아들의 혼전 섹스(며느리의 혼전 임신)는 약간 부끄러운 일이 되지만, 딸의 혼전 임신(섹스)은 말하기 영 불편하다. 젠더 불평등은 어쩔 수 없는 것이다. 모두를 만족시킬 제도가 불가하다면 소수의 고통은 어쩔 수 없다. 그러니 어떻게든 경쟁에서 이겨 사다리 위쪽에 올라서야 한다.

남편은 버젓하게 자녀의 결혼식을 치른 친구들에게 순서를 역행한 딸의 결혼을 알리기가 어려웠을 것이다. 지금도 여전히 '결혼식은 언제쯤 할 건지?' 묻는다. 남편과는 반대로 나는 딸이 결혼식 없이 사실혼 관계를 시작했다고 기꺼이 알렸다. 요즘 코로나19로 결혼식을 생략한 혼인들이 많이 이루어지고 있지만, 딸이 출가할 때는 그렇지 않았다. 기성세대라면 당연하게 여기는 순서를 역행한 딸의 결정을 나는 자신들의 경제적·시간적 현실을 고려해 가장 현실적이고 합리적인 선택을 했다고 생각했다. 자신들의 힘으로 독립한 딸과 사위가 여전히 대견하다. 다양한 이유에서 사랑하는 이와 동거하는 젊은이들의 선택이 존중받기를 바라는 사소한 운동 차원에서 나는 내 딸의 소식을 기꺼이 전했다.

"우리 딸 결혼했어. 결혼식은 사실 하고 싶지 않으나 부모를 위해서 차차 하겠대", "와, 정말 잘됐어. 뭐 결혼식이라는 것 별거야?", "우리 집 마당에 뷔페 부르고 양가 가족끼리 모여서 간단한 축하잔치만 벌이자. 그럼 됐지 뭐", "잘했어. 사실 그동안 결혼식이라는 것이 다 부모들을 위한 것이었지." 친구들과 두 언니의 반응이 고마웠다. 조금 다른 반응들도 있었다. "J요도 자기도 참 별나다. 나는 그렇게 자유롭지 않아", "자기는 돈도 안 들이고 딸을 치웠네", "그게 틀린 것은 아닌데 자기처럼 생각하는 사람이 적어." 반응들은 다양했지만, 공통점은 '나쁘지는 않다'였다. 그러나 근본적인 변화는 아니다.

결혼이나 성, 또 다른 특별한 주제들에 대한 인식의 변화는 어쩌면 때에 따라 유동적일 수밖에 없는 하나의 유행에 불과할 수도 있다. 그보다 근본적인 변화가 필요하다. 결혼뿐 아니라, 진학·취업·정치적 판단 그리고 그 외 삶의 방향을 결정할 권리가 오직 당사자들에게 있다는 의식의 변화. 모름지기 '제 삶의 주인은 자기 자신'이라는 의식의 변화 말이다. 자식을 사랑하는 부모가, 개인보다 냉철해야 할 국가와 제도가, 소위 고등종교가 솔선수범해야 한다. 그러나 현실은 정 반대다. 낯선 삶을 선택할 때, 가장 먼저 부모를 속여야 한다. 제도를 신봉하는 직장 시스템에서 속여야 살아남을 수 있다. 종교가 앞장서 혐오를 조장하고 있다.

이 글을 쓰면서, 오늘 2021년 3월 4일, 트랜스젠더라는 이유로 군에서 강제 전역하게 된 변 하사가 죽은 채로 발견되었다는 소식을 들었다. 페이스북에 올린 영화 평론가 최은 선생님의 글이 가슴에 와닿는다.

나를 알지도 못하는 수많은 사람들이 진심을 다해, 나의 '존재를 반대'하고 세상 단호하고 진지하게 나를 애초에 없었어야 했다거나 아예 존재하지 않는 생명체

취급을 한다면 그리고 내가 나로 사는 것을, 허락할 것 인지 말 것인지를 놓고 자기들끼리 토론을 한다면, 누 군들 이 땅에서 사라져 버리고 싶지 않겠는가. 존재를 증명하거나 싸워 볼 엄두도 못 내고 사라짐을 선택한 사람들, 그 사라짐조차 발설이 금지되었던 사람들은 또 얼마나 많을 것인가. 그래서 그것은 살인인 것이다. 혐오와 조롱은. 어쩌면 침묵조차도.

내가 이곳에 변 하사의 죽음을 옮기고, 페이스북에 올라온 최은 선생님의 글을 옮기는 것은, 살인을 막기 위해 아무것도 하지 못한 바보 같은 내가, 그래서 살인 에 동참한 내가, 이 글을 읽게 될 어떤 분들이 함께 생각 할 수 있기를 바라며 할 수 있는 너무나 하찮은 노력일 것이다.

'이 정도면 충분한 ○○○'

　'이 정도면 충분한 엄마'라는 용어가 있다. 대상관계 이론가 도널드 위니컷이 사용했다. 엄마란 생물학적 엄마만을 의미하는 것은 아니다. 아기를 돌보는 유의미한 존재를 뜻한다. 위니컷에 의하면 아동의 인격 발달은 아동의 내면에서 홀로 일어나는 과정이 아니다. 아동과 돌보는 사람, '엄마'의 관계 안에서 일어나는 상호적 과정이다. 이때 완벽하지 '않은', '이 정도면 충분한 엄마'의 역할이 중요하다.

　갓 태어난 아기는 스스로 생존할 수 없다. 약 6개월 동안 엄마들은 어쩔 수 없이 아기에게 집중한다. 먹이고, 안아 주고, 기저귀를 갈아주며 아기를 만족시킨다. 뭔지 모르게 불쾌해서 울던 아기가, 젖을 먹으며 배부름에서 만족을 느끼고 뽀송뽀송한 기저귀로 갈아 차면서 젖은 기저귀와 마른 기저귀의 차이를 분별하게 되고, 엄마가 안아 줄 때의 포근함으로 사랑받는 느낌을 알아 간다. 점점 자신이 원하는 게 무엇인지 구체적으로 알아 가고 얻기 위한 행동을 발전시킨다. 팔다리를 움직이며 즐거움을 느끼고 자기 몸의 경계를 알아 가며 몸과 정신을 통합한다. 자신을 충족시키는 엄마에 대한 신뢰를 쌓는다. 그러나 아기가 어느 정도 자기 몸을 가눌 수 있게 될 때부터 엄마는 아기의 욕구를 완전히 충족시켜 주지 않는다. 아기를 돌보는 일 말고, 엄마는 해야 할 일들이 있다. 완벽한 엄마로 알았는데, 그렇지 않은 것이다. 그저 '이 정도면 충분한 엄마'였던 것이다.

아기는 좌절을 경험하지만 '이 정도면 충분한 엄마'가 가르쳐 주는 게 있다. 엄마는 아기 자신이 아닌 타인, 즉 자기 외부의 대상이라는 사실이다. 이때부터 아기는 자신과 구별되지 않던 엄마, 즉 자기 외부에 있는 대상과 관계를 맺기 시작한다. 유아 초기 엄마와 절대적인 의존관계에 있었던 아기가 비로소 엄마와의 상대적 의존관계를 발전시킨다. 이 발전된 관계로 인해 때로는 좌절을 맛보지만, 도리어 이 좌절을 딛고 아기는 상상력을 발휘해 공상하고, 자신만의 세계를 창조하고 스스로를 만족시키는 능력을 발휘한다.

'이 정도면 충분한 엄마'가 좋은 엄마다. 좋은 엄마는 아기에게 두 가지 방향으로 두려움과 불안을 낮추어 준다. 우선 아기가 자신과 세상을 탐색할 수 있도록 충분한 거리를 유지한다. 보호라는 명목으로 일일이 쫓아

다니며 보호하지 않는다. 아기가 내면에서부터 자연스럽게 생기는 '욕구'를 따라 세상을 '탐험'하도록 놔둔다. 아기는 '내면의 욕구'에 충실하게 반응하며 자신의 욕구를 충족시키며 자신을 존중하고 받아들이게 된다. 다른 하나는 엄마로부터 독립해 개별화하는 과정에서 불안을 느껴 다시 엄마에게 돌아오는 유아를 따뜻하게 받아 준다. 그러면 아기가 엄마 품에서 안심하고 격려받으며 두려움과 불안을 덜어 내고 다시 힘을 얻어 세상을 탐구하러 엄마 곁을 떠날 수 있다. 그렇게 더 멀리 더 멀리 거리를 넓히며 독립해 간다. '참자기'를 형성한다.

좋지 못한 엄마는 아기가 독립과 개별화 과정을 수행할 때 충분히 거리를 유지해 주지 못한다. 자신의 불안 때문에 아기를 떼어 놓지 못한다. 이때 아기는 자기 내면의 욕구에 충실하게 반응할 수 없다. 자기를 형성하는 기회를 잃게 된다. 또 다른 좋지 못한 엄마는 아기가 개별화의 두려움과 불안으로 엄마에게 돌아가 의존하려고 할 때, 충분히 공감하지 못한다. '왜 떨어지지 못하냐'고 아기를 밀어낸다. 그렇게 되면 아기는 두려움과 불안을 줄이지 못하고 생존을 위해, 세상을 탐험하려는 자신의 욕구 대신, 엄마의 욕구에 민감하게 반응하게 된다. 두려움과 불안은 커지고 욕구가 좌절되는 경험이 반복되면서 축적된다. 이때 분열된 아기의 자아 구조는 분열되고 '거짓 자기'를 갖게 된다.

'참자기' 개념은 '거짓 자기' 개념과 한 쌍이다. 누구에게나 참자기와 거짓 자기가 공존한다. 참자기가 삶을 생생하게 느낀다면, 거짓 자기는 삶을 실감하지 못하고 허망하다고 느낀다. 참자기는 외적 자극에 대한 반응이 아니라 본래적인 것이다. 참자기가 심각하게 방해받지 않는다면 사람은 새로운 삶의 시기를 맞을 때마다 삶에 대해 생생한 느낌을 강화한다. 때로 삶의 연속성이 깨지는 경험이나 환경에 순응하게 되는 거짓 자기를 경험하게 되더라도 감당할 능력을 키워 간다.

거짓 자기가 항상 나쁜 것은 아니다. 거짓 자기가 좋은 역할을 하는 측면이 있다. 타협할 수 있는 능력이다. 예를 들면 사회적 예절이다. 상대를 배려하고 상황을 고려해 자신의 강한 욕구를 조절하고 예의 있게 행동한다. 그러나 결정적인 문제라면 타협을 용납하지 않는다. 참자기가 순응하는 거짓 자기를 능가할 수 있는 것이다. 그러나 참자기가 심각하게 방해받아 거짓 자기로만 살아야 한다면 삶이 허망하다고 느낀다. 잘못된 선택으로 삶을 마감하는 이들이 늘어나는 이유 중 하나다.

우리나라의 경우 자신의 세계를 자연스레 탐구할 기회는 극히 차단되어 있다. 요즘 낮아지는 추세에 있지

만, 한때 80퍼센트에 이르렀던 대학 진학률이 말해 주
듯, 거의 모든 청소년들이 대학, 다음은 극히 제한되어
있는 관료적 자리로의 진입을 위해 줄을 선다. 실패가
용납되지 않기에 실패를 반복하면서도 같은 도전을 해
야 할 만큼 저마다의 제 길을 찾는 것이 어렵다.

　　나 역시 나만의 길을 탐구하는 대신, 당연하게 여기
며 대입 공부만 했다. 세상에서 할 수 있는 일들이 어떤
것들이 있는지 알려고 하지도 않았고 새벽에 나가 밤이
되어 집에 올 때까지 해야 했던 학과공부도 가르쳐 주지
않았다. 무조건 대학에 진학했고 진로에 대해 별다른 이
해 없이 결혼했다. 나이 40이 되어서도 반복되는 꿈을
꾸며 힘들어했다. 시험이 코앞으로 다가왔는데 전혀 준
비된 것이 없어 불안해하는 꿈이었다.

　　신앙생활을 시작해 하나님을 부를 수 있게 되었을
때, 내 모든 것을 이미 다 알고 계시는 그분 앞에서 말하
기 시작했다. 기도였다. 그분 앞에 있으면서 나의 본래
적 욕구가 드러나기 시작했다. 시시때때로 알지 못하는
어떤 덩어리 같은 것들이 내게 다가올 때, 두서없이 풀
어놓으면서 왜곡된 경험들을 바로 볼 힘이 생겼다. 그
꿈의 정체는 젊은 시절 내 세계를 찾으려는 충분한 도전
을 하지 않은 것에 대한 죄책이었다. 내 세계를 탐구하
고자 하는 바람과 그로 인한 불안을 반영하는 것이었다.

하나님 앞에 두려움 없이 나갈 수 있었던 것은, 나를 낳아 준 '이 정도면 충분한 엄마'의 보살핌이었다. 대상과의 진심 어린 관계를 허락해 준 엄마다. 나는 그 엄마 자리에 '전능하지만', 동시에 '이 정도면 충분한 하나님'을 놓았고, 그분에게 나의 알지 못할 바램과 불안을 내놓았다. '이 정도면 충분한 하나님'의 대리자라고 할까? '이 정도면 충분한 친구'가 되어 청(소)년들에게 가고 싶었다. 그들과 유의미한 관계를 갖고 싶었다. 내 길을 탐구하며 두 딸 또한 제 길을 찾을 수 있도록 거리를 두었다. 그때 중학생이었던 큰딸은 제 진로에 대해 스스로 결정했다. 둘째 딸은 초등학교부터 엄마가 없는 환경에서 좌절을 경험하면서도 쪽지로 엄마인 나를 응원하며 제 세계를 형성해 갔다. 나는 한순간도 완벽한 엄마도 아니었을 뿐 아니라, '이 정도면 충분한 엄마'가 될 수도 없었다. 그러나 내 왜곡된 경험을 기도로 재경험하면서 나도 딸도 신뢰하며 '이 정도면 충분한 엄마'가 되기로 했다. 여전히 노력 중이다.

실패 상황에서 가장 보호하고 힘이 되어야 할 부모가 실제로는 가장 두려운 대상이 되곤 한다. 이미 충분히 어른이 된 삼십 대 청년들의 글이나 인터뷰 기사들을 접해도, 자신의 동거, 퇴사, 성 정체성 등을 말하기 제일 두려운 대상이 부모라고 말한다. 뭔가 새로운 도전을 해야 할 때, 제일 먼저 발목을 붙잡는 것이 부모가 되는 현실이다. 다른 누구의 요구에 따라서가 아니라, 자신을 드러내며 자신의 삶을 살아갈 수 있도록 지지하는 '이 정도면 충분한 국가'가, '이 정도면 충분한 그 무엇'이 되어 자기 삶의 주인으로 살아가도록 격려하는 세상은 언제나 올 수 있을까?!.

글쓰기의 매력과 효능

작가 홍승은이 《당신이 글을 쓰면 좋겠습니다》라는 책을 내어 글쓰기를 권하고 있다. 안 그래도 요즘 글을 쓰고 싶은 사람들이 많고, 나 역시 그러하며, 나 역시 모든 이들이 글을 쓰게 되기를 바란다. 누군가는 요리를, 누군가는 그림을, 또 청소를, 노래를, 영화나 연극을, 자수를, 뜨개질을, 청소를, 섬유 예술을, 기타 사소한 삶을 위한 갖가지 활동을 즐기며 삶을 만들어 간다.

나는 그 누군가처럼, 글쓰기를 즐기며 삶을 만들어 간다. 너무 쓰고 싶어서 원고 청탁이 오면 무조건 받는다. 어떤 분야에 전문가가 된 분들은 짧은 시간에 글을 훌륭하게 써낸다. 나는 그렇지 못하다. 어떤 분야에도 자신이 없다. 단번에 풀어낼 수 없는 주제에 대해 덜커덕 원고 청탁을 받아들인 후 생각을 거듭하다 보면 그림이 그려지고 글로 옮기게 된다. 그러면서 새로운 세상과 만나곤 한다. 글의 매력이고 효능이다. 글은 강요하지 않는다. 독자의 자유의지로 읽는다. 말의 능력이 있지만 그래서 나는 말보다 글을 선호한다. 글을 읽고 읽지 않고, 글의 내용을 받아들이고 그렇지 않고는 독자의 자유다. 글을 쓸 때도 말과 다르게 타인의 방해를 받지 않고 써 내려가는 필자의 자유가 있다.

나는 말이 적었다. 어릴 적 엄마는 내가 어디를 가도 할 말을 못한다고 안타까워했다. 그런 나를 엄마는 '숙맥'이라고 걱정하기도 했다. 엄마는 나를 알기도 했고 또한 모르기도 했다. 별로 마음 상할 일이 없었다. 혹 마음이 상해도 마음의 상한 부분이 금세 녹아 사라졌다. 그런가 하면 대상이 누구이건 꼭 해야 할 말은 하기도 했다. 초등학교 6학년과 중학교 1학년 시절 각각 하나씩 일화 둘이 내 기억에 또렷하게 남아 있다. 그만큼 그 일은 내게 인상적이었다. 내가 어떤 사람인지를 인식한 사건으로 두고두고 기억하게 한 사건이다.

중학교 1학년 때의 일이다. 같은 반 아이 A가 나와 친한 아이 B를 몰아세우고 있었다. "내 생각에는 네가 옳지 않아" 하고 A에게 말하자, A는 B가 나에 대해 나쁜 말을 하고 다닌다고 했다. A가 한 그 말이 B를 향한 나의 심적인 어떤 변화를 일으키지 않았다. "그게 지금 네가 B를 몰아세우는 것과 무슨 관계가 있는데?"라고 답하면서 그런 말에 어떤 요동도 하지 않는 나, 게다가 B가 나에 대한 어떤 말을 했는지도, 아니 B가 그런 말을 했으리라는 의심 자체를 갖지 않는다는 것을 인식하고 있었다.

초등학교 6학년 때의 일은 이렇다. 나는 부반장이었다. 점심시간이 되기 전, 보통은 3교시가 끝나면 미리 도시락을 먹어 치우는 아이들이 있었다. 그런 일이 없었는데, 하필이면 처음으로 나도 그 일에 동참한 날, 담임 선생님이 4교시 수업에 들어와 냄새가 난다며 도시락 검사를 했다. 당연히 나와 미리 도시락을 먹어 치운 아이들이 자리에서 일어나 꾸지람을 듣게 되었다. 그때 내 귀에 거슬리는 말이 있었다.

"너는 부반장이 되어서 이런 일에 참여해?"

나는 약간 흥분한 채, 격앙된 목소리로 되물었다.

"도시락을 먹은 것과 부반장이 무슨 상관인데요?"

지금 생각하면 선생님이 한 말이 틀린 것도 아니었는데 나는 그렇게 말했다. 사리를 분별하지 못했다. 순간 선생님이 당황하며 얼굴이 붉어졌다.

그와 같은 일련의 일들로 나는 나 자신의 정체성 같은 것을 어느 정도 인식했다. 이후 어른이 되어서도 가끔 그런 행동을 해서 사람들을 당황하게 하고, 어떤 사람들이 나를 4차원이라고 말하기도 한다. 교회 소그룹에서 내가 하는 기도는 종종 다른 사람들을 킥킥거리게 했고, 신학 과정을 밟고 있을 때 누군가는 내 기도를 듣고 내 학사전공이 뭔지 묻기도 했다. 나는 말이 적었고

(지금은 너무 말이 많다), 어쩌다 말을 하면 좀 별났거나 물의를 일으켰다. 반면 설레발을 치며 웃기는 말들로 주변 사람들을 재미있게 해서 '기쁨조'라는 별명을 얻기도 했다.

막내였고, 위로 언니와 오빠가 둘씩 있었다. 막내라 부모의 귀여움은 받았지만, 언니 오빠들에게는 심부름꾼이었고 기쁨조였고, 무게가 느껴지지 않은 존재였다. 나는 말하는 대신 언니와 오빠들을 관찰했다. 뭐든 이해할 수 있었고, 때로는 그런 내가 건방져 보이기도 한 것 같다. 관찰하고 해석한 것을 표현할 기회는 없었다. 이상하게 언니나 오빠에게는 하고 싶은 말들을 하지 못했다. 하지 않은 것이 아니라 못했다. 위계질서랄까? 그런 게 있었다. 아무튼, 나는 말을 잘하지 못한다.

생각 속에 쌓는 것은, 분명 한계가 있다. 나는 많은 생각을 했지만, 아는 것이 없었다. 나는 확장되지 않았다. 밖으로 표출되지 않은 생각들은 깊은 웅덩이에 고여 있는 물 같았다. 그 물이 웅덩이를 넘어 흐를 때, 새로운 곳에 가 닿는 그곳에서 다른 맛을 내고 또 그 형태까지도 변하며 물의 선도가 유지된다. 내 경우 생각은 어느 지점에서 갈피를 잃고 말았다. 생각이 말이 되고 다시 글이 되어야 하는데 나는 말을 잘하지 못한다. 그래서 글로 정리를 시작하면 계속해서 생각이 이어졌다.

생각들을 글로 쓰다 보면 논리적으로 말이 안 되는 때가 종종 있다. 재구성하고 쓴 후에야 나는 내 생각을 읽을 수 있었다. 여전히 말로는 조리 있게, 끝까지 하지 못한다. 결국은 어느 지점에 가서 막혀 버린다. 내 생각이나 말의 용량은 어떤 사람들보다 적은지 분명한 한계가 있어, 어느 정도 생각이 차면 거기서 멈추고 사라질 것만 같아 되도록 빨리 글로 적는다. 글을 쓰면 왜곡된 경험들을 재해석하게 된다. 삶의 방향을 스스로 이끌어 간다. 그래서 나는 글을 쓰기 좋아하는 것 같다.

한곳에 머물지 않는 여행

2014년 1월 5일은 잊을 수 없는 날이다. 동료 K의 자살 소식을 들었다. 그날 오후 5시에 K를 만나기로 했는데 K가 약속 장소에 오지 않았다. K에게 여러 번 전화했지만 받지 않았고 별수 없이 집으로 돌아오고 있었다. 전화벨이 울렸다. 발신자가 교회였다. K의 죽음을 직감하면서 전화를 받았고 그 직감은 현실이 되었다. K가 며칠 전 전화했을 때, 미리 생을 마감할 수도 있다는 암시를 보냈다. 나는 그 암시를 느낄 수 있었으나 '설마'이기를 바랐다. 그러나 갑자기 불안해 약속을 하루 앞두고 K를 만나려 했으나 연락이 되질 않았다. 너무 늦었다.

그리고 1월 5일, 그의 몸은 이미 싸늘하게 식어 있었다는 연락을 받았다. 길에서 대성통곡을 했다. 그만큼 충격이 컸고 가슴이 아팠다. K는 누가 봐도 많은 재주를 가졌다. 그 재주를 살려 최선을 다하며 살았다. K가 가진 다양한 재능과 성실이라면 앞으로 할 수 있는 일들이 많았다. K는 당시 심리학 박사과정에 있었고 학업을 통해 자신의 성장 과정에서 생긴 어린 자아와 만났으며, 삶의 방향을 바꾸겠다고 결심했다. 어른을 위한 동화를 쓰고 싶다고도 했다. 그런데 암 선고를 받은 어머니의 갑작스러운 죽음은 K에게 큰 충격이었다. 내게 남긴 편지에 그동안 노력하면 뭐든 잘 되리라는 생각이 무너졌다고 했다. 한평생 성실하게 살아온 엄마가 암 선고를 받고, 한두 달 새에 그렇게 갈 수 있다는 사실에 허무를 느꼈다고 했다. K의 생각을 바꿀 정도로 크게 충격을 받은 것이다.

K가 죽은 후에야 그가 페이스북에 당시 남긴 글들을 읽었다. 며칠 전부터 자신의 짐을 정리했다. 쓸 만한 것들을, 필요한 사람들에게 나눴다. 비록 짧은 기간이었지만 K의 죽음은 준비된 것이었다. 나는 K 나름대로 자신의 삶을 자기 방식으로 완성했다고 생각했다. 그 시간을 스스로 결정한 것이다. 조금 더 과격하게 말한다면, '그는 제때에 죽었다'고 나는 말해 주고 싶다. K가 비록 자신의 결정을 따라 새로운 삶의 도전을 하지 못했으나 자신의 삶을 마감한 방식을 존중했다. 누구도 부인할 수 없을 정도로 그는 최선을 다해 살았다. 학업을 통해 자신의 삶을 마주하며 자기 자신으로 다시 태어났다. K가 목사라는 이유로 그가 속해 있던 교회는 그의 장례 예배에서 그의 죽음을 과로로 인한 죽음으로 위장했다. 그러나 역시 목사였던 나는 그의 자살을 자기 삶의 완성이라

고 말하고 싶다.

K를 사로잡았을 자살은 3년 뒤 2017년에 나를 사
로잡았다. K가 죽고 그해 나는 일을 그만두었다. 그때부
터 바로 아프기 시작했다. 24시간 내내 온종일 온몸에
통증이 있었다. 앉아 있어도 서 있어도 걸어도 아팠다.
심지어 누워 있어도 아팠다. 2001년부터 시작된 통증이
었다. 사고가 있었다. 인간 피라미드 쌓기에 겁 없이 끼
어들었다. 나는 맨 아래 당당하게 깔렸고, 내 위에 거구
의 몸집을 가진 고등학생들이 올랐다. 척추가 어긋났고
그때부터 허리 통증이 시작되었다. 근육주사와 신경주
사 등을 맞고 견딜 수 있었다. 일을 그만둔 김에 받은 척
추의 통증부터 치료하겠다고 받은 시술이 잘못되어 견
딜 수 없는 상태가 되었다. 반년 이상의 끈질긴 치료로
조금 나아지는 듯하여 2년을 더 버텼으나 다시 시작된
통증으로 삶의 의미를 찾을 수 없었다. 수술을 택했다.
제일 힘들다는 3개월을 견뎌 냈다. 그 기간에 앓는 소리
를 입 밖으로 내면 신기하게 통증이 줄어든다는 것을 알
게 되었다. 그러나 이후로도 통증은 멈추지 않았고 발목
부터 목까지 끊어지는 것 같았다. 수술 후 거의 1년을 바
라보는 시점에서 통증이 완화되는 듯하더니 다시 무릎
이 아프기 시작하여 또다시 온몸으로 퍼져 나갔다. 단

10분도 걸을 수 없었고, 온몸은 잘라 내는 듯 아팠으며, 특히 골반을 중심으로 내 사지육신은 다 제자리가 아닌 곳에서 따로 노는 것 같았다. 오직 죽음이 나를 자유롭게 할 수 있다고 생각했다. 몸은 무너져 내리고 있었고 정신은 그 무너져 내리는 몸뚱이에 철썩 달라붙어 도무지 다른 곳을 바라볼 수 없었다. 졸피뎀과 아졸락을 늘려도 잠은 들지 않았다. 며칠을 못 자도 졸리지 않았다. 내 삶은 그것으로 끝나도 큰 문제가 아니었다. 나는 다른 누구의 삶이 아닌 내 삶을 살았다. 두 딸도 장성했고, 남편도 제 삶을 살아 낼 것이었다. 우리의 제도는 자살을 돕지 않는다. 오로지 나 혼자 그 방법을 찾아야 한다. 그 방법들이 두려웠다. 윤리 의식도 자살을 인정하지 않는다. 내가 자살을 택하면 앞날이 무척 힘들어질 가족들이 있었다. 나는 살기로 했다.

통증은 우울증을 불러왔고 우울증은 통증을 강화했다. 정신과 치료를 받기로 했고 SNS로 지인들에게 이전이라면 결코, 하지 않았을 기도 부탁을 했다. 하루도 쉬지 않고 온열치료를 받았고 신이 주신 육체의 자연치유 능력을 믿어 보기로 했다. 4년이 지난 지금 약을 끊었다. 의사의 예상보다 2년은 앞당겨졌다. 언제나 약간의 통증을 달고 살지만 앉아 있을 수 있고, 책을 읽고 글을 쓸 수 있고, 좋은 사람들을 만날 수 있는 지금도 '언제라도 다시 나빠질 수 있다는 두려움'은 사라지지를 않는다. 혹 완전히 낫게 되더라도 결국은 죽음의 과정에서 같은 고통을 겪을 것이라는 생각(두려움)을 떨쳐 버릴 수가 없다.

그때가 되면 나는 어떤 방법을 취할까? 내 동료 K처럼 나도 죽음의 방법을 선택하게 될 것인가? 생각하곤 한다. 언제나 선택적인 죽음을 생각한다. '제때의 죽음' 혹은 '삶의 완성'을! 내가 아는 사람들 대부분이 그런 생각을 한다.

죽음은 의외로 쉽고 갑작스럽게 찾아올 수도 있다. 어떤 이들처럼 자다가, 혹은 갑작스럽게 쓰러지며 죽을 수 있다. 크고 작은 수술 일곱 번과 한 번의 시술, 그동안의 무력한 삶으로 인해 체력이 거의 바닥나서인지, 수술 후 항생제 부작용, 무통 주사 부작용으로 내 장기들은 부르릉거렸고 온몸은 붓고 뒤틀렸었다. 회복 과정에서 자주 순간적으로 정신을 잃고 쓰러지곤 했다. '후에 아마도 죽어 가는 과정이 이럴지 모르겠다'는 생각을 한다. 우리 엄마처럼 당신 다리로 움직이시지 못하고 정말 지겹게 살아야 하기에 죽음을 애타게 기다려야 할 수도 있다. 나는 죽음을 기다렸던 한없이 가여운 우리 엄마를 통해 삶을 배웠다. 그러나 법적 규범과 윤리 의식이 허락했다면 약이든, 주사로든 힘들지 않은 방법으로 엄마를 편히 보내드리고 싶었다.

어쨌든 나는 자살을 생각하지 않아도 된다. 죽음은 유예되었다. 그렇다면 그때까지 나는 무엇을 할 것인가?, 즉 어떻게 살 것인가? 아직 심하게 아픈 날을 지내고 있던 어느 날 잠자리에서 남편이 내게 물었다.

"당신은 몸이 나으면 무엇을 하고 싶어?"

나는 내 통증이 몸을 돌보지 않아서였다고, 몸을 건강하게 쓰지 않았고 책상에만 앉아 생활했기에 찾아왔다고 생각했다. 그래서 남은 삶은 몸으로만 살아야겠다고 다짐했다. 그런데 정작 내 입은 너무나 쉽게, 그리고 당연한 듯 "마음대로 읽고 마음대로 쓰고 싶어"라고 말하고 있었다. 돌이켜 보면 통증에 시달리면서 아픈 몸에 매몰되어 글을 읽을 수도 쓸 수도 없게 되었던 그 시간에도 가끔 글을 쓰는 이들의 책을 통해 세상과 연대해 있을 수 있었다. 어렵게 몇 권의 책을 읽어 낼 그때, 세상에 예쁜 것들, 손주들이 내 어두움과 상관없이 웃고 노는 것을 보며 잠시 즐거운 생각을 하게 될 때면 어김없이 나는 글을 쓰고 싶었다.

내게 글을 쓴다는 것은, 더는 자랄 수 없게 나를 단단하게 싸고 있는 껍질에 균열을 일으키고 마침내 깨뜨리면서 한곳에 머물지 않는 여행을 계속하는 것이다. 그

러다가 어느 날 여행이 끝났음을 알게 된 어느 좋은 날
을 잡아, 사랑하는 가족과 얼굴을 마주하고 평화롭게 작
별의 정을 나누고 싶다.

직함보다 이름 석 자 가진
인간으로 살자

"희선아~" 뒤에서 나를 부르는 소리다. 경상도 사투리인지, 전라도 사투리인지? S 언니는 특유의 억양으로 "희↗선↘아~" 하고 부른다. 혈연관계가 아니면 언니, 동생, 이모, 삼촌 등의 호칭을 쓰지 않았다. 고집이었다. S에게 먼저 "언니"라고 부른 건, 잘 모르는 사람들에게 이모니, 언니니, 형님이니 부르는 걸 천박하다고 생각하던 나였다. 손이 오글거리며 그렇게 불렀다.

몸이 어느 정도 회복되면서 집 근처 수영장에 갔다. 그곳에서 수영 대신 걷기를 시작했다. 수영장 전체 레인이 여섯 개인데, 레인 하나는 걷는 사람들만 있었다. 나와 처지가 비슷한 사람들이다. 나보다는 처지가 나았다고 말할 수도 있겠으나 어느 정도 아픈 사람들이다. 무릎이 아파서, 허리가 아파서 땅에서 걷기 힘든 사람들이 있었고, 우울증에 걸린 사람들이 있었다. 처음에는 아는 사람이 하나도 없었고, 누구 하나 말 걸어 주는 사람 없었고, 나 또한 아무에게도 한마디 말도 없이 걷기만 했다.

그러던 어느 날, H가 내게 "언니"라 불러 주기 시

작했다. 내가 누군가를 향해 "언니", "동생" 부르는 것도 손이 오글거렸지만, 낯선 여자가 친밀하게 내게 다가와 "언니"라고 부를 때도 손이 오글거렸다. 그런데 묘한 친밀감이 좋았고, 나도 그에게 H라고 부르기 시작했다. 일부러 자꾸 H를 더 불렀다. 재미있었다. H~ 부르면 그의 개성이 느껴진다. 그러면서 둘이 가까워졌고, H의 소개로 수영장에 새로 나온 S를 알게 됐다. 뒤에서 그를 불러야 하는데, 딱히 달리 부를 호칭을 알 수 없었다. 손이 오글거리는 것을 참으며, "S 언니~" 하고 불렀다. 그렇게 S와 나는 희선이와 언니가 되었다.

학생 시절이 끝나고 결혼을 한 뒤에도 어머니는 나를 '희선'으로 불러 줬다. 나는 희선이라는 이름을 잃지 않고 살아왔다. 혼자 있기를 좋아해서 딱히 동네 사람들을 사귈 기회가 없었다. 큰딸 J1과 둘째 딸 J2가 어렸을 적, 아주 잠시 몇 안 되는 사람들이 나를 J1 엄마, J2 엄마라고 불러 줬고, 교회에 출석하면서 곧 내 이름 석 자 뒤에는 '집사'라는 직함 같지 않은, 직함이 달리기 시작했다. 그 뒤로 전도사, 목사, 선생, 편집장과 같은 직함이 바뀌어 가며 달려 있었다. 계산해 보니 30년 동안 나는 이름 석 자 뒤에 직함을 달고 살았다. 일을 그만두면서 동네에서 배회할 시간이 생겼고, 마당에 나간 나를 "아줌마~" 하고 불러 주는 사람들을 만나면서 너무 당연한 호칭들에 살짝 당황하기도 했다. 몸도 마음도 늙어 버렸는지, 동네 아이들이 용케도 나를 "할머니~"라 불렀다. 당연한 일인데, 새로운 세상에 와 있는 느낌이 들었다. 그리고 깨달았다. 나는 집사, 전도사, 목사, 선생, 편집장이 아니라, 희선이고, 아줌마고, 할머니다.

막내로 지내온 나를 누군가가 "누님~" 하고 불러 주면, '언니~'와는 또 달리 기분이 흐뭇하다. 소설 《순이삼촌》을 읽은 후로는 제주도에서는 가까운 사람들을 다 삼촌이라 부른다는 걸 알고 있기에, 요즘 손자들에게는 촌수 어려운 '당숙'들을 '삼촌'으로 소개한다. 그깟 촌수가 뭐 그리 대수인가 싶다. 직함이며 촌수가 대수롭지 않다. 몸이 회복하고 새로 출석하고 있는 교회에서 '목사'로 불리는 게 싫어 별명을 '죠이'로 정하고 별명, '죠이'로 불리고 있다. 나는 희선이라는 내 이름을 좋아한다. '희선'으로 불리면 더 좋겠지만, 우리나라에서는 이름 뒤에 호격조사를 붙이고, 상대방이 나이 많은 나를 향해 "희선아~" 부르는 게 쉽지 않은 걸 알기에 차라리 별명을 정한 것이다.

얼마 전 종영한 SBS드라마 〈날아라 개천용〉을 보다가 대사에 확 꽂혔다. '저거다' 했다. 죄를 지은 적이 없이 살인범으로 유죄선고를 받고 무려 10년 옥살이를 하고서도 과거의 이력 때문에 여전히 괴로움을 겪으며 살아가야 하는 김두식의 재심 청구가 받아들여졌다. 윗선이 전도유망한 최 판사 하나를 매수했다. 재심을 청구한 원고 김두식에게 다시 유죄를 선고하는 것이다. 애초에 그가 무죄임을 알면서도 유죄를 선고한 게 문제였다. 경찰의 수사에서 폭력, 거짓 자백이 있었다. 뒤에 진범이 잡혔으나 선고를 뒤집으면 검사와 검찰의 위신이, 판사와 법원의 위신이 추락한다는 이유로 경찰, 검찰, 법원이 진범을 풀어 줬고 아무런 죄 없는 김두식은 10년 형을 선고받고 옥살이를 끝냈다.

최 판사는 윗선의 지시대로 유죄를 선고하려 했으나 그렇게 할 수 없었다. 명확한 증거들이 있었다. 윗선이 최 판사에게 말한다. "너. 옷 벗고 싶어? 옷 벗으면 어떻게 되는지 알아? 그때부터 사람들이 너를 '아저씨'라 부르게 될 거야. 너 그렇게 살 수 있어?" 최 판사의 말이 그야말로 걸작이다. "이제 '아저씨'라고 불릴 나이가 되었습니다."

검사, 판사라는 직함의 노예가 되어 인간성을 버리고 다른 사람들의 인생을 쥐락펴락하려는 사회 현실을 가장 잘 나타내는 대사였다. 어디 검사, 판사, 변호사뿐일까? 교수, 선생, 회장, 사장 등과 같은 직함의 노예가 되어, 학생을, 직원을 쥐락펴락하는 경우가 얼마나 많은

가? 거꾸로 세상에 꼭 필요한 청소 미화원, 공장의 노동자 등에게 인간 이하의 딱지를 붙이고 함부로 대하며 적절한 대우를 하지 않는 경우가 허다하다. 누구나 다 같은 사람일 뿐이다. 누구나 다 엄마거나 자식이거나, 아줌마, 아저씨, 이모, 고모, 삼촌이다. 하나의 세상에 함께 사는 가족의 구성원이다. 목욕탕에서 벌거벗은 사람들을 보면, 세상에서 어떤 직함을 달고 살건, 다 똑같이, 여자거나 남자고, 아줌마이거나 아저씨이다. 직함은 잠시 붙어 있다가 언제라도 떨어져 나가는 것에 불과한 것이다. 그런 직함에 말도 안 되는 권위를 덧입혀 자신의 고유한 개성을 포기하고, 인간성을 포기한 채 이중적으로 살아가는 사람들이 많을수록 그만큼 사회가 병들어 간다.

요즘 목사들의 돌출적인 행동들이 많은 이들을 병들게 한다. 목사라는 직함에 '신성'을 덧입힌다. 적지 않은 사람들이 목사 안수를 받을 때 다른 직업에 임하는 사람들과는 다른, 내가 생각하기에는 필요 이상의 두려움을 갖는 걸 본다. 내 생각으로는 목사도 직업군의 하나다. 신성시되어야 할 특별한 직업이 아니다. 어떤 직업이나 그렇듯 목사라는 직업의 특수성이 있을 뿐이다. 자신을 사랑하고, 자신을 사랑하듯 이웃을 사랑하라는 그의 신 하나님의 뜻을 자기 자리에서 실천하는 특수성이다. 거기에 신과 같은 신성이 있을 리 없다. 혹 초월을 경험할 수 있다 하더라도 개인의 독특한 경험일 뿐, 일반화할 수 없는 그의 경험일 뿐이다.

　내가 목사가 되어 교회와 학교로 갔을 때, 교우들과 학교 선생님들이나 행정실 직원이 내게 하는 말이 있었다. "목사님은 도무지 목사 같질 않아." 나는 목사가 어떤 건지 아직도 잘 모르겠다. 목사이기 이전에 나는 조희선으로 성장했고, 엄마로, 아줌마로, 할머니로 살고 있다. 직함과 무관하게 이름 석 자 가진, 독특한 한 사람으로, 세상을 함께 살아가는 구성원으로 서로를 돌아보며 사는 인간다운 인간으로 사는 데 만족하는 사람들이 많을수록 지금은 아픈 세상이 조금은 더 낫게 될 것 같다.

누구나 늙는다.
나쁘지만은 않다

　어느새 예순다섯 살이 되었다. 밤 10시가 조금 넘었다. 좋든 싫든 침실로 들어갈 시간이다. 침대에서는 절대 책을 들지 않는다. 핸드폰도 보지 않는다. 좋은 수면 습관을 유지하기 위해서다. 침실은 오직 잠을 자는 곳이어야 한다고 들었다. 강박적이다. 그만큼 수면에 자신이 없어서. '침대에 누워서도 과연 잠이 잘 들 수 있을까?', 소용없는 걱정을 한다. 어떻게 잠이 들지만 한 시간 후면 눈을 뜬다. 소변이 보고 싶기도 한데 혹시 일어났다가 잠이 완전히 깨면 어떻게 하지?, 망설이다가 화장실에 다녀온다. 다행히도 잠이 든다. 같은 일이 두세 시간 간격으로 반복된다. 이건 내 이야기이기도 하지만 내 또래의 다른 많은 이들의 이야기이기도 하다. 주변의 아는 분들 대부분이 수면장애를 겪고 있다.

　눈을 뜨자 핸드폰 시계를 본다. 5시가 조금 안 되었다. 잠은 깼지만 그대로 침대에 있다. 겨울의 차가운 공기가 생각만 해도 힘들다. 6시를 넘겨서야 일어난다. 허리와 무릎, 정강이가 시큰거린다. 실금이라도 간 걸까?

아닐 것이다. 하루 동안 마시던 커피 중 가장 맛있는 새벽의 공복 커피를 포기했다. 공복 커피가 몸에 좋지 않다는 말을 들었다. 대신 따끈한 차를 타 들고 서재로 들어와 책상에 앉는다. 이미 캄캄한 새벽은 아니다.

될수록 이른 시간, 모두가 잠든 시간, 창 앞에 펼쳐진 깜깜함을 응시하며 나의 신께 말을 걸곤 했던 내 오래된 습관은 이제 먼 과거다. 이미 너무 밝아서일까? 그래서일 수도 있고 아닐 수도 있다. 건강을 잃은 후 나이까지 늘어난 내 몸이 책상에 충분히 앉아 있기에 이미 적합하지 않아서일 수도 있다.

오후 두 시다. 점심을 끝내고 걸으러 나간다. 건강을 유지하기 위한 필수 일과다. 겨울이 가기도 전 이미 봄옷을 꺼내 입는 성격이었다. '아직은 겨울이 아닌' 가을이 후반으로 접어들 때 이미 내복을 꺼내 입었다. 완전한 겨울로 접어들 때 조금 더 두꺼운 내복으로 갈아입었다. 이미 3월인데 여전히 내복을 벗지 못한다. 젊어서도 유난히 추위를 탔지만 10년 전이라면 아무리 추워도 하의 내복은 입지 않았다. 추운 것보다 둔한 것이 더 싫었고 따뜻한 것보다는 맵시가 더 중했다. 맨발에 모카신을 신기도 하고 스커트와 검정 스타킹, 구두를 즐겼다. 지금은 발목으로 숭숭 들어오는 찬 바람을 막기 위해 목이 긴 양말을 신고 그래도 바람이 들어갈까 내복 위로

양말목을 끌어 올린다. 4월이나 되어야 내복을 벗을 것 같다. 바닥이 두툼하고 쿠션이 좋긴 하지만 모양내기엔 젬병인 투박한 운동화를 신는다. 나름 패션 감각을 중히 여기는 나지만 별수 없다. 넘어지면 안 된다. 발이 편해야 한다. 의사로부터도 "절대 다치시면 안 됩니다"라는 주의를 받았다. "갔다 올게." "응." "조심조심 또 조심해. 넘어지면 큰일 나." 외출할 때마다 나와 남편이 같은 말을 주고받는다. 허리와 가슴을 펴려고 나름 노력한다. 혹 발을 걸어 넘어뜨릴 물체가 있을지 신경 쓰며 걷는다. 그런데도 넘어졌다. 잔디 위에서 가볍게 넘어졌을 뿐인데 갈비뼈가 부러졌다. 한두 달이면 붙는다는 병원 의사의 말이 무색하게 4개월 만에 붙었다. 체온, 순발력, 회복력 모든 것이 하강!

L 언니는 일흔다섯 살이다. L 언니네 집 거실은 아침부터 종일 퀭~ 하다. 계절도 기온도 상관없이 늘 썰렁한 것이다. 자기 전 진통제와 우울증약을 찾아 먹는다. 나이가 들어 가면서 서로 수면에 방해가 되어 남편과 각방을 쓴 지 오래였다. 함께 쓰던 퀸사이즈 침대를 남편이 사용하고 L 언니는 출가한 아들 방에서, 아들이 사용하던 침대를 써 왔다. 지금은 남편이 사용했던 퀸사이즈 침대에 L 언니 자신이 홀로 눕는다. 남편은 이제 세상 사

람이 아니다. 얼마 전 치매 증상이 심해진 남편을 어느 한군데 아프지 않은 곳이 없는 L 언니가 감당할 수가 없었다. 요양원으로 보내진 남편이 입원 7일 만에 생긴 사고로 명을 달리하게 되었다. 심한 우울 증세로 인해 정신과를 다니기 시작했다. 4남매를 뒀지만, 함께 살 수는 없다. 서로 불편할 게 뻔하다. 가끔 밖에서 남편이 부르는 소리가 나는 것 같다. 현관문을 열어 본다. 그때마다 아무도 없다.

아직은 컴컴한 아침에 눈을 뜬다. 남편의 아침을 준비해야 한다는 생각에 마음이 급해졌다가 이미 세상 사람이 아니라는 사실을 깨닫는다. 방문을 열고 나가려는데 순간, 왠지 무섭다. 그래도 나간다. 덩그러니 혼자인 식탁에 앉아 공복혈당 체크를 한다. 오래전 당뇨가 찾아왔다. 배에 인슐린 주사를 놓는다. 아무것도 먹고 싶지 않아 빈속에 십여 개의 알약들을 입에 털어 넣는다. 신장, 간, 심장, 고혈압과 당뇨에 관련된 약들이다. 젊은 시절, 시부모를 비롯해 시누이 시동생 뒷바라지에 손이 마를 날이 없었다. 시어른들이 명을 달리하고 시동생과 시누들이 출가하고 4남매까지 독립하자 몸이 좀 편하려나 할 때 허리가 아프기 시작했다. 그러고는 온갖 병들이 줄줄이 찾아온 것이다.

외롭다. 사람 소리를 듣기 위해 라디오를 켠다. 코

로나19가 심각해지기 전이라면 집에서 멀지 않은 수영장(그곳에서 풀 안에 쳐진 레인을 붙잡고 걷기 운동을 해왔다)으로 걸어갈 시간이다. 이제 그럴 수 없다. 세상 모든 게 정지한 것만 같은데, 이곳저곳 몸의 통증은 결코 쉼이 없다. 매일 침을 맞으러 간다. 수영장에 가서 친구가 된 사람들도 이제는 만날 수 없다. 그야말로 고독하기만 한 지금 침을 맞으러 다니는 것이 소일거리가 된 셈이다. 침을 맞고 오니 하루 반이 지나갔다. 아직 바깥빛은 환한데 종일 혼자인 L 언니의 마음은 이미 어둑어둑한 저녁이다.

누구나 나이가 들고, 늙는다. 그러나 늙어도 삶은 계속된다. 늙은 삶이 나쁜 것만도 아니다. 나는 어느새 예순다섯 살이 되었다. 시간에 쫓길 일이 없다. 일어나고 싶은 시간에 일어나 먹고 싶은 시간에 먹을 수 있다. 아이들이 독립하고 빈방이 생겨 나와 남편 각각의 방을 가지게 되었다. 한창 바빴던 때와 달리, 요즘은 남편이 청소와 빨래를 담당하고 나는 음식만 담당한다. 처음으로 호강을 누린다. 소비가 줄었다. 일주일에 한 번 점심을 외식으로 채운다. 건강을 위해 함께 걷게 되면서 대화가 많아졌고, 이전보다 가까워졌다. 생각과 마음의 거리가 멀어 한동안 박 터지게 싸웠지만, 고비를 넘겼다.

"남편이 최고다. 남편한테 잘해라" 하던 엄마의 말을 이제야 알게 되었다. 하마터면 이 행복을 모르고 지낼 뻔했다. 지난날로 돌아갈 생각은 결코 없다.

L 언니는 일흔다섯 살이다. 지금까지 마음이 편한 적이 없다. 남편 생각이 나지 않을 리 없다. 그래도, 그 사람 아직 살아 있으면 얼마나 힘들겠어?! 잘~ 갔다고 생각한다. 외롭지만, 그래도 새 친구들이 생겼다. 간섭받지 않고 마음대로 사는 맛도 있긴 하다. 가구들을 정리했고 장을 가득 채우고 있던 이부자리들도 싹 정리했다. 나 혼자 있는 집이니, 새로 사귄 친구들이 놀러와 함께 밥을 해 먹는 즐거움도 있다. 그동안 아픈 남편이 집에 있어서 해보지 못한 일이다. 처음에는 어떻게 살지 막막했고 텅 빈 집이 썰렁했지만, 또 다른 삶이 시작된 것이다. 크게 즐거운 일이 있을 리 없지만, 작고 소소한 다른 즐거움이 삶을 채운다. L 언니 역시 젊은 날로 돌아가고 싶지 않다. 지난날, 젊은 시절 힘들었다. 오늘을 살아가는 젊은이들의 삶도 얼마나 고될지 알고 있다.

남은 반원을 그린다

잘 살았다는 자신은 없지만, 최선을 다해 살았다. 누구나 다 가는 어떤 길도 본인에게는 별수 없이 처음 가는 길이다. 어려운 길을 나도 열심히 걸어왔다. 나이 예순이 코앞으로 다가왔을 때, 아이들은 다 자랐고 집도 있었고 성실과 검소한 삶으로 밥 굶을 걱정은 없었다. 다행스럽기도 하고 다른 한편으로는 지금 세대에게 미안하기도 하지만, 우리 세대는(다는 아니지만) 지금과는 달랐다. 노력하면 부모 세대보다 부유해질 수 있는 시대를 살았다. 개천에서 용이 날 수도 있는 세상이었다. 새로운 시작을 할 수 있다고 생각했다. 무엇보다 아직은 늙지 않았다. '몸으로 사는 삶'을 살아 보려 했다.

집안 살림 외에 몸으로 해본 것이 없었다. 아이들이 어느 정도 자라면서 늦게 시작한 신학 공부, 학교와 교회와 또 학교에서 마치 몸은 없는 것같이 머리로만 살았다. 읽고 쓰는 것이 삶의 전부였다. 몸과 정신이 하나인데 한쪽인 정신만을 사용하는 데서 오는 피로감이 몸으로 사는 삶에 대한 욕구를 불러왔다. 몸과 정신을 통합하려는 자연스러운 현상이었을 것이다. 교회나 학교나 사무실 아닌 진짜 현장에서 살고 싶었다. 목공예를 하고 싶었고, 바리스타도 되고 싶었다. 설거지 아르바이트로 돈도 벌고 싶었다. 공방, 카페, 식당에서 사람들을 사귀며 질펀한 이야기들을 나누고 싶었다. 그곳에서 만난 이야기들을 소재로 글도 쓰고 싶었다. 그러나 야무진 꿈은 시작해 보기도 전에 물거품이 되었다. 새로운 시작은 첫발을 떼 보지도 못했다.

급작스러운 노화! 일을 관두자 곧바로 몸이 무너지기 시작했다. 우선 잠을 잘 수 없었다. 진작부터 시작된 호르몬의 변화가 심각하게 진행되어 온 터였다. 곧이어 찾아온 허리 통증, 목의 통증, 아니 온몸을 쑤셔 놓는 통증이 내 삶의 계획을 완전히 무너뜨렸다. 나는 5년 이상 심하게 아팠고 지금까지 7년이 흘렀다. 남편은 신음하는 나를 안고 함께 울었다. 좋다는 곳을 전전하며 온갖 치료를 받았고, 지치지 않고 버텨 준 남편의 정성으로 지금은 '하고 싶은 일' 웬만한 것들을 다 한다. 그동안 복용해 왔던 치료제들을 끊고 건강 보조식품들을 챙겨 먹는다. 젊은 날이 지나간 것도, 몸은 허약해진 것도 확실한데, 여전히 새로운 날이 남아 있었다. 결론부터 말하면 나는 지금의 새로운 날에 감사하고 있다.

　　나는 지금 새로운 날에 새로운 길을 걷는다. 그 길에서 남은 반원을 그린다.

　　인생은 직선도 포물선도 아니다. 원과 같다. 원을 그리려면 한 점에서 시작해 한 방향으로 선을 그려 나간다. 반원 지점에서부터는 더 멀리 뻗어 나가는 대신 반대 방향으로 선을 그려 원점으로 되돌아와야 한다. 그래야 비로소 원은 완성된다.

　　우리 모두 탄생이라는 원점에서 삶을 시작한다. 아기로 태어나는 순간부터 성장과 성숙을 향해 멀리 뻗어 나간다. 원을 그려 나간다. 그 중심은 어떤 사람들이 그것을 갈망하고 기대하며 의지하는 신일 수도 있고 무의식의 원형일 수도 있다. 그 중심을 의식하든 그렇지 않든 그 중심으로부터 일정 거리를 두고 원점에서 점점 거리를 벌리며 기술과 지식을 습득한다. 몸과 지혜가 자란다. 최대한 거리를 두며 멀리 나가 장년이 된다. 그러다 어느 순간부터 멀리 나가기를 그친다. 그 방향을 원점으로 돌린다. 그리고 결국은 원점으로 돌아가 자신의 인생을 완성한다. 그리고 마침내 한 줌 흙이 되어 그곳으로부터 왔지만, 알 수 없는 곳으로 돌아간다. 어쩌면 원의 중심일지 모르는 그곳으로.

젊은 날 동안 최선의 반원을 그린다면 젊은 날이 끝나면 최선을 다해 나머지 반원을 그려야 한다. 이제까지와는 달리 반대 방향으로 그려야 한다. 원을 그리다가 어느 지점에서라도 멈추고 다시 그리기를 반복할 수 있듯이, 우리 또한 인생이라는 원을 그리며 쉴 수 있고 멈출 수 있고 다시 시작할 수 있다. 나머지 반원을 그리기 전에도 멈출 수 있다. 잠깐을 멈출 수도 있고, 한참을 멈출 수도 있다. 멈춰 있는 동안 행복할 수도 있고 고통스러울 수도 있다.

처음 반원을 그리는 동안에는 반대편 반원이 없었고 그래서 볼 수 없었다. 그러나 남은 반원을 그릴 때, 이미 그려 놓았던 반원을 보면서 그리게 된다. 이미 그린 반원을 앞에 놓고 보면 그동안 걸어온 길에서 보지 못했던 것들이 보인다. 그동안의 삶이 달리 보이기도 한다. 나의 7년은 미리 그려 놓은 길을 바라보느라 멈춰 선 시간이었다. 고통스러운 시간, 멈춰 서서 새로운 관점으로 삶을 바라보게 하는 데 필요한 시간이었다. 나는 아둔하여 7년이라는 시간의 아픔이 있었어야 남은 길을 제대로 걸을 수 있었을 것이다. 내가 그리기 시작한 남은 반원은 그야말로 작고 소소하고 소박하다.

일상의 모든 것이
사실은, 기적이다

교만하기 짝이 없었다. 누군가를 업신여기기도 했다. '내게는 갱년기란 없을 것이다. 내 정신은 건강하다. 건강한 정신으로 갱년기 정도는 아랑곳하지 않고 지낼 것이다' 생각하며 살았다. 아픈 사람들을 보면 마음은 아팠지만, 그 신체적 고통을 함께 느끼지는 못했다. 워낙 혼자 있는 것을 즐겼기에, 나 혼자서도 꿋꿋하게 잘 살 수 있다고 믿었다. 비록 체력이 약하고 이미 골격과 근육에 문제를 느끼면서도 저혈압에 빈혈까지 있으면서도 나는 별문제 없이 잘 살 것이라는, 그야말로 근거 없는, 믿음 아닌 망상에 사로잡혀 있었다.

노화? 질병? 뭐라 해야 할지 모를 총체적 절망이 나의 교만을 깨뜨렸다. 당연히 받아들였던 일상의 모든 것이 사실은 기적임을 깨닫게 되었다. 일어나 걷고 뛰고 앉고, 무거운 것을 들고 아프지 않은 몸을 산다는 것 모든 것이 기적 같은 일임을 이제는 안다. 그 결과로 아주 작은 것들에 감사할 줄 알게 되었다. 곁에 있는 사람들에게 감사할 줄 알게 되었다.

나는, 나아가 사람은 결코 혼자, 또 사람끼리만 살아갈 수 있는 존재가 아니다. 그렇게 보든 그렇지 않든 모두가 연결되어 있다. 아픈 사람들을 보면 내 몸이 기억하는 통증이 나의 통증을 깨운다. 몸으로 함께 아프다. 앞서 말한 L 언니와 나는 별로 공통점이 없을지도 모른다. 아프다는 것, 외롭게 지낸다는 것만으로도 나는 L 언니를 찾는다. 함께 식사하고 언니가 하지 못하는 인터넷 쇼핑으로 장을 봐 주고 시간을 같이 보낸다. 전화에 인색한 내가 안부 전화를 한다. L 언니가 전화 줘서 고맙다고 한다. 수입은 줄었지만 적은 금액이라도 후원하는 곳들이 늘어난다. 작은 도움도 중요함을 알게 되었기 때문이다. 나는 그렇게 아주 작고 사소한 삶을 살고 있다.

바쁜 일이 없다. 아주 느리게 삶을 살고 있다. 요리를 즐긴다. 요리하기가 싫어 밥 먹는 일이 없으면 했던 시절이 있었다. 아이들 도시락 싸는 것도, 식구들 저녁 상차림도 다 귀찮기만 했다. 성의 없는 식탁을 차리곤 했다. 요즘은 남편과 둘만의 식탁을 차리는 일에 정성을 쏟는다. 요리를 즐기며 상을 채워 주는 땅이 소중하고 땅을 살리기 위해 농가 펀드에도 가입했다. 배우고 싶던 목공예의 자리를 요리가 대신 차지했다. 생각지도 못한 즐거움이다. 이전에는 별일 아니던 생일, 결혼기념일 등

등 작은 기념일들이 다 소중하기만 하다. 보통 사람들의 평범한 일상의 소중함을 이제야 알아 간다.

한때 당장 이혼이라도 할 듯 으르렁거리곤 했던 남편과 '하마터면 이혼할 뻔했잖아' 내심 생각하며 닭살 돋는 멘트도 날리며 신혼처럼 살고 있다. 나와는 다른 그 사람의 사랑법을 알게 되었다. 두 사람 다 은퇴를 한 후, 가까이서 오랜 시간을 함께하면서 알게 되었다. 내 삶에 거창하다고 할 만한 것은 아무것도 없다. 너무나 작고 소소한 일상일 뿐인데 이 삶이 소중하다. 지금까지 살아오면서 놓쳤던 일들을 새삼스럽게 즐기고 있을 뿐이다.

'악', '악인'들을 향한 거창한 분노조차 사그라든다. 악인들을 향했던 분노가 긍휼로 바뀌는 것 같다. 이것조차 옳은 것인지는 잘 모르겠다. 악인의 악으로 인해 고통받는 이들이 있는 한, 이런 생각은 다만 나만의 것일 수 있다. 작고 소소하기만 한 일상이 지난날 알지도 보지도 못해 숭숭 구멍이 난 내 삶을 어느 정도 메꾸고 있다는 생각이다. 그렇게 내 삶을 채운다.

스스로 삶을 마감하고 싶었던 그날들을 이겨 냈다. 혼자라면 불가했다. 나를 사랑하고 내가 사랑한 이들의 힘이 있었고 경제적 자산이 있어서 가능했다. 적지 않은 사람들이 멈춰 선 그 자리에서 다시 시작하지 못하고 원이라는 궤도에서 이탈해 내동댕이쳐진다. 건강, 삶을 지탱할 만한 최소한의 경제력, 따뜻하게 위로해 줄 이웃조차 없을 때, 사람은 누구나 자신을 궤도 밖으로 던질 수 있다. 실은 던져진 것이다. 많지는 않아도 적으면 적은 대로 최선을 다해 따뜻한 나눔을 하는 분들이 곳곳에서 보인다. 참 좋은 분들이다. 이분들이 짐을 나누며 사람을 살리고 땅을 살리고 생명을 살린다.

부도 학력도 세습되는 우리나라 이 시대에, 개천에서 용이 나는 일이 거의 절대적으로 불가하다. 가난이 가난으로 이어지는 세상이다. 이 세상에서 상실과 고독은 더 이상 젊음이 끝나는 어떤 나이에 해당하는 언어가 아니다. 서로를 돌아보며 서로가 남은 반원의 삶을 완성해 갈 수 있도록 누군가의 밑천이 되어 주는 것이 절대적으로 필요하다. 그래야 크건 작건, 테두리가 일그러졌건 그렇지 않건 원을 그려 내려는 한 사람의 삶이 완성될 수 있는 것이다.

글을 쓰며, 나는 과연 나의 작은 밑천을 누군가에게 필요한 밑천으로 내어놓는다고 말할 자격이 있는가? 묻고 얼굴이 붉어진다. 우리 각각, 또 종교는? 사회는? 국가는? 무엇을 위해 어떤 실천을 할 것인가? 여전히 새로운 질문과 답을 구할 때인 듯하다.

이 정도면 충분한
Good Enough

지은이 조희선
펴낸곳 주식회사 홍성사
펴낸이 정애주
국효숙 김의연 김준표 박혜란 손상범 송민규
오민택 오형탁 임영주 주예경 차길환 허은

2021. 8. 16. 초판 1쇄 인쇄   2021. 8. 25. 초판 1쇄 발행

등록번호 제1-499호 1977. 8. 1.
주소 (04084) 서울시 마포구 양화진4길 3
전화 02) 333-5161   팩스 02) 333-5165   홈페이지 hongsungsa.com
이메일 hsbooks@hongsungsa.com   페이스북 facebook.com/hongsungsa
양화진책방 02) 333-5161

• 잘못된 책은 바꿔 드립니다.   • 책값은 뒤표지에 있습니다.

ISBN 978-89-365-1500-3 (03810)